Das Buch

»Neuerdings hat man in verschiedenen Kreisen begonnen, von unserer Epoche als von einem neuen Mittelalter zu sprechen. Die Frage ist, ob es sich dabei um eine Prognose oder um eine Feststellung handelt. Mit anderen Worten: Sind wir bereits in das Neue Mittelalter eingetreten, oder steht uns ... ein Mittelalter in naher Zukunft bevor?« Als Umberto Eco, einer der brillantesten Köpfe Italiens, diese Frage 1972 zum erstenmal aufwarf, konnte er vom sensationellen Erfolg seines Romans ›Der Name der Rose‹ noch nichts wissen, der die unterschwellige Neigung der Europäer zu ihrer Vergangenheit so dramatisch ans Tageslicht hob. Inzwischen mehren sich die Zeichen, daß Ecos Fragestellung ihre Berechtigung hat ...

Der Autor

Umberto Eco, geboren am 5. Januar 1932 in Alessandria (Piemont), ist Ordinarius für Semiotik an der Universität Bologna und Verfasser zahlreicher Schriften zur Theorie und Praxis der Zeichen, der Literatur und der Kunst sowie der Ästhetik des Mittelalters. Sein Roman ›Der Name der Rose‹ (1980) wurde zum internationalen Bestseller.

dtv großdruck

Umberto Eco:
Auf dem Wege zu einem Neuen Mittelalter
Ein Lesebuch

Deutsch von Burkhart Kroeber

Deutscher
Taschenbuch
Verlag

dtv

Von Umberto Eco
sind im Deutschen Taschenbuch Verlag erschienen:
Der Name der Rose (10551)
Nachschrift zum ›Namen der Rose‹ (10552)
Über Gott und die Welt (10825)

Burkhart Kroeber (Hrsg.):
Zeichen in Umberto Ecos Roman
›Der Name der Rose‹ (11129)

Originalausgabe
1. Auflage Oktober 1989
Deutscher Taschenbuch Verlag GmbH & Co. KG,
München
Die deutschen Rechte an allen Einzelbeiträgen liegen beim
Carl Hanser Verlag, München · Wien
(siehe auch Quellennachweis S. 160)

Umschlaggestaltung: Celestino Piatti unter Verwendung
eines Altarbildes von Fra Angelico
Gesamtherstellung: C. H. Beck'sche Buchdruckerei,
Nördlingen
Printed in Germany · ISBN 3-423-25025-9
1 2 3 4 5 6 · 94 93 92 91 90 89

Inhalt

Erster Tag

Prima

Es war ein klarer spätherbstlicher Morgen gegen Ende November. In der Nacht hatte es ein wenig geschneit, und so bedeckte ein frischer weißer Schleier, kaum mehr als zwei Finger hoch, den Boden. Noch bei Dunkelheit, gleich nach Laudes, hatten wir talabwärts in einem Dorf die Messe gehört. Dann waren wir aufgebrochen, um beim ersten Tageslicht in die Berge zu gehen.

Als wir den steilen Pfad erklommen, der sich die Hänge hinaufwand, sah ich zum erstenmal die Abtei. Nicht ihre Mauern überraschten mich, sie glichen den anderen, die ich allerorten in der christlichen Welt gesehen, sondern die Massigkeit dessen, was sich später als das Aedificium herausstellen sollte. Es war ein achteckiger Bau, der aus der Ferne zunächst wie ein Viereck aussah (die höchstvollendete Form, Ausdruck der Beständigkeit und Uneinnehmbarkeit der Stadt Gottes). Seine Südflanke ragte hoch über das Plateau der Abtei, während die Nordmauern unmittelbar aus dem Berghang zu wachsen schienen gleich schräg im Fels verwurzelten Bäumen. Von unten gesehen schien es geradezu, als verlängerte sich der Felsen zum

Himmel, um in einer gewissen Höhe, ohne sichtbaren Wandel in Färbung und Stoff, zum mächtigen Turm zu werden – ein Werk von Riesenhand, geschaffen in größter Vertrautheit mit Himmel und Erde. Drei Fensterreihen skandierten den Tripelrhythmus des Aufbaus, dergestalt daß, was physisch als Quadrat auf der Erde stand, sich spirituell als Dreieck zum Himmel erhob. Beim Näherkommen sahen wir dann, daß aus der quadratischen Grundform an jeder ihrer vier Ecken ein siebeneckiger Turm hervorsprang, der jeweils fünf Seiten nach außen kehrte, so daß mithin vier der acht Seiten des größeren Achtecks in vier kleinere Siebenecke mündeten, die sich nach außen als Fünfecke darstellten. Niemandem wird die herrliche Eintracht so vieler heiliger Zahlen entgehen, deren jede einen erhabenen geistigen Sinn offenbart: acht die Zahl der Vollendung jedes Vierecks, vier die der Evangelien, fünf die der Weltzonen, sieben die der Gaben des Heiligen Geistes. Nach Umfang und Form erschien mir der Bau nicht unähnlich jenen gewaltigen Burgen, die ich später im Süden der italienischen Halbinsel sah, Castel Ursino oder auch Castel del Monte, aber dank seiner uneinnehmbaren Lage wirkte er düsterer noch als jene und war sehr wohl dazu angetan, den Wanderer, der sich ihm nahte, erschauern zu lassen. Dabei konnte ich noch von Glück sagen, daß ich ihn erstmals an einem klaren Herbstmorgen erblickte und nicht etwa an einem stürmischen Wintertag.

Jedenfalls flößte mir die Abtei alles andere als Gefühle der Heiterkeit ein, ich empfand bei ihrem Anblick eher ein Schaudern und eine seltsame Unruhe. Und das waren, weiß Gott, keine Phantasiegespinste meiner furchtsamen Seele, es war vielmehr die korrekte Deutung unzweifelhafter Vorzeichen, dem Fels eingeschrieben seit jenem Tage, da einst die Riesen Hand an ihn legten, bevor noch die Mönche in ihrem vergeblichen Streben sich erkühnten, ihn zum Hüter des göttlichen Wortes zu weihen.

Als nun unsere Mulis die letzte Steilkehre erklommen und wir an eine Kreuzung gelangten, an welcher rechts und links zwei Seitenpfade begannen, verharrte mein Meister einen Augenblick und betrachtete aufmerksam die Ränder des Weges, den Weg selbst und die Bäume darüber; eine Reihe von immergrünen Pinien formte an dieser Stelle so etwas wie ein natürliches Dach, überzogen mit einer dünnen Schneeschicht.

»Reiche Abtei«, sagte er. »Dem Abt gefällt es, glanzvoll in der Öffentlichkeit aufzutreten.«

Da ich es bereits gewohnt war, ihn zuweilen höchst sonderbare Bemerkungen machen zu hören, schwieg ich dazu. Auch weil wir nach wenigen Schritten plötzlich Stimmen vernahmen und gleich darauf hinter einer Wegbiegung ein aufgeregt gestikulierender Trupp von Mönchen und Laienbrüdern erschien. Einer von ihnen trat sofort, als er uns erblickte, auf uns zu und begrüßte uns mit ausgesuchter Höflichkeit: »Willkommen, meine Herren! Wundert Euch nicht, daß ich mir schon denken kann, wer Ihr seid, denn man hat uns Euren Besuch angekündigt. Ich bin Remigius von Varagine, der Cellerar dieses Klosters. Und wenn Ihr, wie ich vermute, Bruder William von Baskerville seid, muß der Abt sogleich unterrichtet werden. Du«, befahl er einem aus seinem Gefolge, »lauf zurück und melde, daß unser Besuch sich der Einfriedung nähert!«

»Ich danke Euch, Herr Cellerar«, erwiderte freundlich mein Meister, »und Eure Höflichkeit schätze ich um so mehr, als Ihr, um mich zu begrüßen, Eure Suche unterbrochen habt. Aber macht Euch keine Sorgen, das Pferd ist hier vorbeigelaufen und auf den rechten Seitenpfad abgebogen. Es kann nicht weit gekommen sein, denn bei der Müllhalde wird es stehenbleiben. Es ist zu klug, um sich auf den Steilhang zu wagen.«

»Wann habt Ihr es gesehen?« fragte der Cellerar.

»Wir haben es gar nicht gesehen, nicht wahr, Adson?« erwiderte William zu mir gewandt mit heiterer Miene. »Aber wenn Ihr Brunellus sucht, so werdet Ihr das edle Tier dort finden, wo ich es Euch gesagt habe.«

Der Cellerar zögerte, schaute William verblüfft ins Gesicht, warf einen Blick in den Seitenpfad und fragte schließlich: »Brunellus? Woher wißt Ihr?«

»Nun«, antwortete William, »es liegt doch auf der Hand, daß Ihr Brunellus sucht, das Lieblingspferd Eures Abtes, den besten Renner in Eurem Stall; einen Rappen, fünf Fuß hoch, mit prächtigem Schweif; kleine runde Hufe, aber sehr regelmäßiger Galopp; schmaler Kopf, feine Ohren, aber große Augen. Er ist nach rechts gelaufen, ich sage es Euch, und auf jeden Fall solltet Ihr Euch beeilen.«

Der Cellerar verharrte noch einen Augenblick unschlüssig, gab dann den Seinen ein Zeichen und stürzte sich ihnen voran in den Pfad zur Rechten, indes unsere Mulis sich wieder in Bewegung setzten. Von Neugier gedrängt hob ich an, William mit Fragen zu überschütten, doch er bedeutete mir zu schweigen und die Ohren zu spitzen. Und in der Tat vernahmen wir kurz darauf einen Freudenschrei, und wenig später erschien an der Wegbiegung hinter uns wieder der Trupp, nun mit dem Rappen am Zügel. Sie holten uns ein, betrachteten uns im Vorbeigehen, immer noch völlig verblüfft, von der Seite und eilten voraus zur Abtei. Mich dünkte, daß William sogar seinen Schritt ein wenig verlangsamte, um ihnen mehr Zeit zu lassen, das Vorgefallene zu berichten. Tatsächlich hatte ich auch schon bei anderen Gelegenheiten bemerkt, daß mein guter Meister, wiewohl in jeder Hinsicht ein Mann von allerhöchster Tugend, zuweilen ein wenig dem Laster der Eitelkeit nachgab, wenn es darum ging, seinen Scharfsinn zu beweisen, und nachdem ich ihn bereits als gewandten Diplomaten schätzen gelernt, begriff ich nun: Er wollte sein Ziel erreichen als einer, dem der Ruf eines außerordentlich klugen Mannes vorausgeht.

»Nun sagt mir aber«, konnte ich schließlich nicht an mich halten, »wie habt Ihr es angestellt, das alles zu wissen?«

»Mein lieber Adson«, antwortete er, »schon während unserer ganzen Reise lehre ich dich, die Zeichen zu lesen, mit denen die Welt zu uns spricht wie ein großes Buch. Meister Alanus ab Insulis sagte:

omnis mundi creatura
quasi liber et pictura
nobis est et speculum[1]

und dabei dachte er an den unerschöpflichen Schatz von Symbolen, mit welchen Gott durch seine Geschöpfe zu uns vom ewigen Leben spricht. Aber das Universum ist noch viel gesprächiger, als Meister Alanus ahnte, es spricht nicht nur von den letzten Dingen (und dann stets sehr dunkel), sondern auch von den nächstliegenden, und dann überaus deutlich. Ich schäme mich fast, dir zu wiederholen, was du doch wissen müßtest: Am Kreuzweg zeichneten sich im frischen Schnee sehr klar die Hufspuren eines Pferdes ab, die auf den Seitenpfad zu unserer Linken wiesen. Schön geformt und in gleichen Abständen voneinander, lehrten sie uns, daß der Huf klein und rund war und der Galopp von großer Regelmäßigkeit, woraus sich auf die Natur des Pferdes schließen ließ und daß es nicht aufgeregt rannte wie ein scheuendes Tier. An der Stelle, wo die Pinien eine Art natürliches Dach bildeten, waren einige Zweige frisch abgeknickt, genau in fünf Fuß Höhe. An einem der Maulbeersträucher – dort, wo das Tier kehrtgemacht haben mußte, um den rechten Seitenpfad einzuschlagen mit stolzem Schwung seines prächtigen Schweifes – befanden sich zwischen den Dornen noch ein paar tiefschwarze Strähnen ... Und du wirst mir doch wohl nicht weismachen wollen, du habest nicht gewußt, daß dieser Seitenpfad zur Müllhalde führt; schließlich hatten wir bereits von der unteren Wegbiegung aus den breiten Strom der Abfälle steil am Hang zu Füßen des Ostturms gesehen, der eine häßliche Spur im Schnee hinterließ. Und wie die Kreuzung lag, konnte der Pfad nur in diese Richtung führen.«

»Gewiß«, sagte ich, »aber der schmale Kopf, die feinen Ohren, die großen Augen ...?«

»Ich weiß nicht, ob der Rappe sie wirklich hat, aber ich bin überzeugt, daß die Mönche es glauben. Meister Isidor von Sevilla lehrt, die Schönheit eines Pferdes verlange, ›*ut sit exiguum caput, et siccum, pelle prope ossibus adhaerente, aures breves et argutae, oculi magni, nares patulae, erecta cervix, coma densa et cauda, ungularum soliditate fixa rotunditas*‹.[2] Wenn also das Pferd, dessen Spur ich gesehen, nicht wirklich das beste wäre im Stall der Abtei, wie erklärst du dir dann, daß nicht nur die Stallburschen nach ihm suchten, sondern der Bruder Cellerar höchstpersönlich? Und ein Mönch, der ein Pferd für hervorragend hält, kann gar nicht anders, als es – ungeachtet seiner natürlichen Formen – so zu sehen, wie es ihm die Auctoritates beschrieben. Zumal« – und hierbei lächelte er maliziös in meine Richtung – »wenn er ein belesener Benediktiner ist ...«

»Gut, gut«, sagte ich, »aber wieso ›Brunellus‹?«

»Möge der Heilige Geist dir etwas mehr Grips in den Kürbis geben, mein Sohn!« rief der Meister aus. »Welchen Namen hättest du ihm denn sonst gegeben, wenn selbst der große Buridan, der nun bald Rektor in Paris werden wird, keinen natürlicheren wußte, als er von einem schönen Pferd reden sollte?«

So war er, mein Herr und Meister. Er vermochte nicht nur im großen Buch der Natur zu lesen, sondern auch in der Art und Weise, wie die Mönche gemeinhin die Bücher der Schrift zu lesen und durch sie zu denken pflegten – und wie wir sehen werden, sollte ihm diese Fähigkeit in den folgenden Tagen noch überaus nützlich werden. Im übrigen schien mir seine Erklärung so evident, daß meine Schmach, nicht von allein darauf gekommen zu sein, rasch wettgemacht wurde durch meinen Stolz, nun teilzuhaben an dieser Erkenntnis, und ich beglückwünschte mich gleichsam selbst zu meinem Scharfsinn. So groß ist die Kraft der Wahrheit, daß sie – wie die Schönheit – sozusagen von selber um sich greift. Und gelobt sei der Name unseres Herrn Jesus Christus für diese schöne Erkenntnis!

Doch zurück zu meiner Erzählung, ich schwatzhafter Greis verweile zu lange bei Marginalien. Berichtet sei lieber, daß wir zum Tor der Abtei gelangten, und auf der Schwelle empfing uns der Abt, begleitet von zwei Novizen, die ihm eine goldene Schale mit Wasser reichten. Und als wir von unseren Maultieren stiegen, wusch er Bruder William die Hände, umarmte ihn und hieß ihn willkommen mit einem Kuß auf den Mund, indes der Cellerar sich meiner annahm.

»Dank Euch, Abbo«, sagte Bruder William. »Es ist mir eine große Freude, den Fuß in Euer Hochwürden Kloster zu setzen, dessen Ruhm diese Berge weit übersteigt. Ich komme im Namen Unseres Himmlischen Herrn, und als seinem Diener habt Ihr mir Ehre erwiesen. Aber ich komme zugleich auch im Namen unseres weltlichen Herrn, wie dieser Brief hier Euch lehren wird, und in seinem Namen danke ich Euch für Euren Empfang.«

Der Abt nahm den Brief, warf einen Blick auf das kaiserliche Siegel und meinte, in jedem Falle seien vor William schon andere franziskanische Brüder mit solchen Briefen gekommen (eine Antwort, die wieder einmal bewies, so sagte ich mir nicht ohne heimlichen Anflug von Stolz, wie schwer es ist, einen Benediktiner-Abt aus der Fassung zu bringen). Dann bat er den Bruder Cellerar, uns in unsere Unterkünfte zu führen, während die Stallburschen sich unserer Tiere annahmen, und verließ uns mit dem Versprechen, uns später Besuch abzustatten, wenn wir uns ein wenig erholt haben würden. So traten wir in den großen Hof. Vor unseren Augen erstreckten sich die verschiedenen Gebäude der Abtei weitläufig über ein sanft gewelltes Plateau, das in Form einer flachen Mulde (oder Alpe) unter dem Gipfel des Berges lag.

Auf die Anlage der Abtei werde ich noch verschiedentlich genauer zu sprechen kommen, hier mag ein erster Überblick genügen. Am Torbau (der einzigen Öffnung in der Umfassungsmauer) begann eine von Bäumen gesäumte Allee, die zur Kirche des Klosters führte. Zur Linken dieser Allee erstreckten sich in einem weiten Halbkreis Obst- und Gemüsegärten (darunter, wie ich später erfuhr, auch der hortulus botanicus), begrenzt von zwei flachen Gebäuden vor der nordwestlichen Mauer, dem Hospital und dem Badehaus. Im Hintergrund, links von der Kirche und durch ein Gräberfeld von ihr getrennt, erhob sich gewaltig das Aedificium. Das Nordtor der Kirche öffnete sich zum Südturm des massiven Quaders, der seinen Westturm frontal dem Blick des Besuchers darbot, links mit der Umfassungsmauer verschmelzend und hinter ihr, hoch gekrönt vom gerade noch sichtbaren Nordturm, den steil abfallenden Hang überragend. Rechts von der Kirche, an ihre Südwand gelehnt, gruppierten sich einige Bauten um einen offenen Hof mit Kreuzgang – ohne Zweifel das Dormitorium, die Wohnung des Abtes und die Unterkünfte der Pilger, zu denen wir nun durch einen lieblichen Garten geleitet wurden. Rechter Hand öffnete sich eine weite Ebene bis zur südlichen Umfassungsmauer, vor welcher wir, soweit die erwähnten Gebäude nicht unseren Blick verstellten, noch eine Reihe flacher Bauten erblickten – Stallungen, Mühlen, Olivenpressen, die Unterkünfte der Laienbrüder und wohl auch die Zellen der Novizen. Dank der Ebenmäßigkeit des Geländes war es den Erbauern dieser heiligen Stätte gelungen, die Vorschriften der korrekten Ausrichtung akkurater noch zu befolgen, als es Honorius Augustoduniensis oder Wilhelm Durandus je hätten verlangen können. Am Stand der Sonne erkannte ich die genaue Ausrichtung des Kirchenportals nach Westen, mithin wiesen Chor und Altar nicht minder genau nach Osten. Und die Morgensonne konnte genau im Moment ihres Aufgangs sowohl die Mönche im Dormitorium wekken als auch das Vieh in den Ställen. Nie habe ich eine schönere und trefflicher angelegte Abtei gesehen, obwohl ich später in meinem Leben durchaus nach Sankt Gallen kam und nach Cluny und nach Fontenay und in andere Abteien, die womöglich noch größer waren als diese, nicht aber so wohlproportioniert. Von allen anderen jedoch unterschied sich diese durch die Massigkeit ihres festungsartigen Aedificiums. Auch ohne den geübten Blick eines Baumeisters sah ich sofort, daß dieser Bau wesentlich älter sein mußte als die übrigen, errichtet womöglich zu anderen Zwecken, so daß die restliche Anlage wohl erst in späteren Zeiten hinzugefügt worden war – freilich derart harmonisch, daß die Ausrichtung des Aedificiums sich jener der Kirche aufs schönste anpaßte, beziehungsweise umgekehrt. Wahrlich, unter allen Künsten ist die Architektur in der Tat diejenige, die am kühnsten trachtet, in ihrem Rhythmus jene Ordnung des Universums widerzuspiegeln, welche die Alten *kosmos* nannten, was soviel heißt wie prachtvoll geschmückt, gleicht sie doch einem prächtigen Tier, das wir staunend bewundern ob der Vollendung und herrlichen Proportion seiner Glieder. Und gelobt sei der Herr Unser Schöpfer, der – wie Augustinus lehrt – alles so trefflich eingerichtet in Zahlen, Gewichten und Maßen!

Tertia

Der Cellerar war ein feister Mensch mit groben, aber jovialen Zügen, kahl, aber noch rüstig, klein und flink. Er geleitete uns zu unseren Zellen im Pilgerhaus. Genauer gesagt, er geleitete uns zu der für meinen Meister vorgesehenen Zelle und versprach, am nächsten Tag auch mir eine freizumachen, denn ich sei schließlich, wenngleich Novize, immerhin Gast der Abtei und folglich mit größter Ehrerbietung zu behandeln. Für die erste Nacht müsse ich jedoch vorliebnehmen mit einer länglichen Nische in der Zellenwand, die er mit frischem Stroh hatte auslegen lassen. Dort nächtigten, fügte er erklärend hinzu, gelegentlich die Diener adliger Herren, wenn diese Wert darauf legten, während ihres Schlafes bewacht zu werden.

Die Mönche brachten uns Wein und Käse, Oliven, Brot und süße Rosinen und ließen uns dann allein, auf daß wir uns ausruhen könnten. Wir aßen und tranken mit großem Appetit. Mein Meister hatte nicht die strenge Gewohnheit der Benediktiner, beim Mahle zu schweigen. Doch er sprach stets so klug und erbaulich, daß es war, als läse ein Mönch aus den Viten der Heiligen vor.

Mich beschäftigte immer noch die Geschichte mit dem Rappen Brunellus, und so fragte ich William, kaum daß wir allein waren: »Als Ihr die Spuren im Schnee und an den Zweigen laset, kanntet Ihr doch Brunellus noch nicht. In gewisser Weise sprachen doch diese Spuren nur ganz allgemein von Pferden, oder jedenfalls von einem Pferd dieser Art und Rasse. Könnte man daher nicht sagen, daß uns das Buch der Natur lediglich abstrakte Wesenheiten verkündet, wie zahlreiche ehrwürdige Theologen lehren?«

»Keineswegs, lieber Adson«, erwiderte mir der Meister. »Gewiß gaben mir jene Spuren für sich genommen nur das Pferd als *verbum mentis* in den Sinn, und als solches hätten sie es mir überall in den Sinn gegeben. Doch an diesem Ort und zu dieser Stunde des Tages lehrten sie mich, daß zumindest eines von allen denkbaren Pferden dort vorbeigekommen sein mußte. Also befand ich mich bereits auf halbem Wege zwischen der Vorstellung des Begriffes ›Pferd‹ und der Erkenntnis eines einzelnen Pferdes. Und in jedem Falle war mir das, was ich vom Pferd im allgemeinen wußte, durch eine besondere Spur ins Bewußtsein gerufen worden. Ich war also in diesem Augenblick sozusagen gefangen zwischen der Besonderheit jener Spur und meiner Unkenntnis, die gerade erst angefangen hatte, die noch recht blasse Gestalt einer allgemeinen Vorstellung anzunehmen. Wenn du etwas von weitem siehst und nicht weißt, was es ist, wirst du dich damit begnügen, es als einen Körper von ungewisser Ausdehnung zu definieren. Bist du näher herangekommen, so wirst du es vielleicht als ein Tier definieren, wenn du auch noch nicht weißt, ob es ein Pferd oder ein Esel ist. Hast du dich ihm noch mehr genähert, so wirst du sagen können, daß es ein Pferd ist, wenn du auch noch nicht weißt, ob es Brunellus oder Favellus ist. Erst wenn du nahe genug herangekommen bist, wirst du erkennen, daß es Brunellus ist (beziehungsweise dieses bestimmte und kein anderes Pferd, wie immer du es nennen willst). Und das ist dann schließlich die volle Erkenntnis, die Wahrnehmung des Einmaligen. So war ich vor einer Stunde noch darauf gefaßt, jedem denkbaren Pferd zu begegnen, aber nicht etwa aufgrund der Weiträumigkeit meines Geistes, sondern aufgrund der Beschränktheit meiner Wahrnehmung. Und der Wissensdurst meines Geistes wurde erst in dem Augenblick gestillt, als ich das einzelne Pferd erblickte, das die Mönche am Zügel führten. Da erst wußte ich wirklich, daß meine vorausgegangenen Überlegungen mich der Wahrheit nahegebracht hatten. Die Ideen, mit deren Hilfe ich mir bis zu diesem Moment ein Pferd vorgestellt hatte, das ich noch niemals zuvor gesehen, waren mithin reine Zeichen, wie die Spuren im Schnee nur Zeichen der allgemeinen Idee des Pferdes waren – und Zeichen oder Zeichen von Zeichen benutzen wir nur, solange wir keinen Zugang zu den Dingen selbst haben.«

Schon früher hatte ich William mit großer Skepsis von den allgemeinen Ideen sprechen hören und mit großem Respekt von den einzelnen Dingen. Und damals wie in den folgenden Tagen schien mir, daß diese Neigung sowohl mit seiner britannischen Herkunft als auch mit seinem Franziskanertum zu tun hatte. An diesem Tage jedoch war er zu erschöpft, um sich auf theologische Dispute einzulassen, und so verzog ich mich in meinen Winkel, hüllte mich in meine Decke und versank alsbald in einen tiefen Schlaf.

Wäre jemand hereingekommen, er hätte mich für ein lebloses Bündel halten können. Und das tat denn wohl auch der Abt, als er um die dritte Stunde in unsere Zelle trat, um mit William zu sprechen. So kam es, daß ich unbemerkt ihr erstes Gespräch mitanhören konnte – ohne Arglist und böse Absicht, denn es wäre, nachdem ich nun einmal aufgewacht war, gewiß unhöflicher gewesen, mich dem Besucher plötzlich zu offenbaren, als in Demut still zu verharren, wie ich es tat.

Eintrat also Pater Abbo, der Abt. Er entschuldigte sich für die Störung, erneuerte seinen Willkommensgruß und sagte, er müsse mit William unter vier Augen sprechen über eine sehr ernste Sache.

Zunächst aber wolle er ihn beglückwünschen zu der Geschicklichkeit seines Verhaltens in der Geschichte mit dem Pferd, wie er das bloß angestellt habe, so genaue Angaben über ein Tier zu machen, das er niemals zuvor gesehen. William erklärte ihm knapp und ohne viel Aufhebens seinen Gedankengang, und der Abt zeigte sich aufs höchste erfreut über soviel Scharfsinn. Freilich habe er auch nichts anderes erwartet von einem Manne, dem der Ruf so großer Klugheit vorangehe. Im übrigen habe er einen Brief vom Abt in Farfa erhalten, in dem nicht nur von der Mission die Rede sei, mit welcher William vom Kaiser betraut worden (und über die in den nächsten Tagen noch zu sprechen sein werde), sondern auch davon, daß mein kluger Meister in England und Italien als Inquisitor tätig gewesen sei und sich in einer Reihe von Prozessen durch große Klarsicht in Verbindung mit großer Menschlichkeit hervorgetan habe.

»Sehr gefreut hat es mich zu erfahren«, fügte Abbo hinzu, »daß Ihr Euch in zahlreichen Fällen für die Unschuld des Angeklagten entschieden habt. Gewiß glaube ich – und in diesen schlimmen Zeiten mehr denn je – an die Präsenz des Bösen in allen menschlichen Dingen«, und bei diesen Worten blickte er sich unwillkürlich um, als vermutete er den bösen Feind in einem Winkel der Zelle, »aber ich glaube auch, daß der Böse oft über Umwege tätig wird. Und ich weiß, daß er seine Opfer dazu zu bringen vermag, ihre Untaten so zu vollführen, daß die Schuld auf einen Gerechten fällt, wobei es ihm dann ein besonderes Vergnügen ist, den Gerechten anstelle des Sukkubus brennen zu sehen. Leider sind viele Inquisitoren bemüht, ihren Eifer unter Beweis zu stellen und dem Angeklagten um jeden Preis ein Geständnis zu entlocken, weil sie meinen, ein guter Inquisitor sei nur, wer jeden Prozeß mit einem Schuldspruch beendet ...«

»Auch Inquisitoren können Werkzeuge des Teufels sein«, warf William ein.

»Schon möglich«, gab Abbo vorsichtig zu, »denn die Pläne des Allerhöchsten sind unerforschlich. Doch liegt es mir fern, auch nur den Schatten eines Verdachts auf so wohlverdiente Männer zu werfen. Im Gegenteil, ich wende mich heute an Euch als einen von ihnen. In dieser Abtei ist nämlich etwas geschehen, das die Aufmerksamkeit und den Rat eines Mannes von Eurem Scharfsinn und Eurer Umsicht erheischt. Von Eurem Scharfsinn, um es aufzuklären, und von Eurer Umsicht, um es hernach (gegebenenfalls) wieder gnädig zuzudecken. Denn oft kommt man nicht umhin, die Schuld eines Mannes herauszufinden, der ein Vorbild an Heiligkeit sein sollte, aber dabei so vorzugehen, daß man den Grund des Übels beseitigen kann, ohne den Schuldigen damit der öffentlichen Verachtung preiszugeben. Wenn ein Hirte fehlgeht, muß er von den anderen Hirten isoliert werden.

Aber wehe, wenn die Herde an ihren Hirten zu zweifeln begönne.«

»Ich verstehe«, sagte William. Bereits bei früheren Gelegenheiten hatte ich bemerkt, daß er, wenn er sich so verständnisvoll äußerte, in dieser höflichen Formel meist einen Dissens oder jedenfalls ein Erstaunen verbarg.

»Deswegen«, fuhr der Abt fort, »bin ich der Meinung, daß Fälle, die den Fehltritt eines Hirten betreffen, stets nur Männern wie Euch anvertraut werden sollten – Männern, die nicht nur gut und böse zu unterscheiden wissen, sondern auch opportun und nichtopportun. Es freut mich, daß Ihr immer nur dann verurteilt habt, wenn ...«

»... der Angeklagte schlimme Verbrechen begangen hatte wie Vergiftungen, Verführung unschuldiger Kinder und andere Verruchtheiten, die auszusprechen meine Lippen nicht wagen ...«

»... daß Ihr immer nur dann verurteilt habt«, fuhr der Abt unbeirrt von der Unterbrechung fort, »wenn die Präsenz des Dämons so offenkundig für jedermann war, daß man nicht anders hätte verfahren können, da Nachsicht skandalöser gewesen wäre als das Verbrechen selbst.«

»Wenn ich jemanden schuldig gesprochen habe«, präzisierte William, »dann weil er tatsächlich Verbrechen so schlimmer Art begangen hatte, daß ich ihn guten Gewissens dem weltlichen Arm überlassen konnte.«

Der Abt schien ein wenig verunsichert. »Warum sprecht Ihr so beharrlich von schlimmen Verbrechen, ohne Euch zu ihren teuflischen Ursachen äußern zu wollen?«

»Weil das Schlußfolgern von den Wirkungen auf die Ursachen eine so schwierige Sache ist, daß allein Gott der Richter sein kann. Uns Menschen fällt es bereits dermaßen schwer, einen ursächlichen Zusammenhang herzustellen zwischen einer so offenkundigen Wirkung wie etwa dem Brand eines Baumes und dem Blitz, der ihn verbrannte, daß der Versuch, lange Ketten von Ursachen und Wirkungen zu konstruieren, mir ebenso wahnhaft erscheint wie der Versuch, einen Turm zu bauen, der bis zum Himmel reicht.«

»Der Doktor von Aquin«, gab Abbo zu bedenken, »scheute sich nicht, mit der Kraft seiner bloßen Vernunft die Existenz des Allerhöchsten zu beweisen, indem er von einer *causa* zur anderen zurückging bis zu der durch nichts verursachten *causa prima*.«

»Wer bin ich«, erwiderte demütig Bruder William, »daß ich dem hochgelahrten Aquinaten widersprechen könnte? Auch wird ja sein Beweis der Existenz Gottes durch so viele andere Zeugnisse unterstützt, daß seine Argumentation sich von alledem nur bestärkt sieht. Gott spricht zu uns im Innersten unserer Seele, wie bereits Augustinus wußte, und Ihr, Abbo, hättet das Lob des Herrn gesungen und die Evidenz seiner Gegenwart anerkannt, auch wenn der große Thomas nicht ...« Er unterbrach sich und fügte hinzu: »So denke ich jedenfalls.«

»Oh, gewiß doch«, beeilte der Abt sich zu versichern – und in dieser sehr feinen Weise beendete mein kluger Meister eine scholastische Diskussion, die ihn sichtlich nicht sehr zu reizen vermochte. Dann ergriff er wieder das Wort:

»Kommen wir auf die Prozesse zurück. Stellt Euch vor, ein Mann ist durch Vergiftung getötet worden. Das ist eine empirische Tatsache. Angesichts gewisser untrüglicher Zeichen kann ich mir durchaus vorstellen, daß ein anderer Mann die Vergiftung verursacht hat. An derart einfachen Ketten von Wirkung und Ursache kann mein Verstand sich mit einem gewissen Selbstvertrauen entlangbewegen und den Giftmischer dingfest zu machen versuchen. Wie aber kann ich die Kette nun dadurch komplizieren, daß ich mir als Anstifter der bösen Tat eine weitere, diesmal nicht menschliche, sondern teuflische Kraft vorstelle? Nicht daß dergleichen unmöglich wäre, auch der Teufel hinterläßt klare Zeichen auf seinem Weg, wie es Euer Rappe Brunellus tat. Aber warum sollte ich danach suchen? Genügt es nicht, wenn ich weiß, daß der Schuldige dieser bestimmte Mensch ist, um ihn dem weltlichen Arm zu übergeben? In jedem Falle wird er für seine Tat mit dem Tode bestraft, Gott möge ihm vergeben.«

»Aber mich dünkt, daß Ihr bei einem Prozeß vor drei Jahren in Kilkenny, bei dem mehrere Personen schändlichster Untaten angeklagt waren, den Eingriff des Teufels durchaus nicht geleugnet habt, nachdem die Schuldigen einmal gefunden waren.«

»Aber ich habe ihn auch nicht mit offenen Worten behauptet. Ich habe ihn nicht geleugnet, das ist wahr. Wer bin ich denn, daß ich mir Urteile über das Wirken des Bösen erlauben dürfte? Zumal in Fällen« – und auf diesem Gedanken schien William insistieren zu wollen – »in denen jene, die das Inquisitionsverfahren eröffnet haben, der Bischof, die Richter der Stadt und das ganze Volk, vielleicht sogar die Beschuldigten selbst den Nachweis einer Präsenz des Bösen offenbar sehnlichst wünschen? Vielleicht ist das überhaupt der einzige wahre Beweis für das Wirken des Teufels: die Intensität, mit welcher alle Beteiligten in einem bestimmten Augenblick danach verlangen, ihn am Werk zu sehen ...«

»Ihr wollt also sagen«, fragte der Abt ein wenig beunruhigt, »daß in vielen Prozessen der Teufel nicht nur im Schuldigen sein Unwesen treibe, sondern womöglich auch und vor allem in den Richtern?«

»Wie könnte ich wagen, so etwas zu behaupten?« fragte William zurück, und die Frage war offenkundig so formuliert, daß der Abt verstummen mußte – woraufhin William sein Schweigen nutzte, um dem Gespräch eine andere Richtung zu geben. »Im Grunde sind das doch längst vergangene Dinge. Ich habe jene noble Tätigkeit aufgegeben, und wenn ich es tat, so war es der Wille des Herrn ...«

»Ohne Zweifel«, gab Abbo zu.

»... und nun beschäftige ich mich mit anderen delikaten Fragen. Und gern würde ich mich mit der beschäftigen, die Euch quält, wenn Ihr mir sagen würdet, um was es geht.«

Wie mir schien, war es dem Abt ganz recht, die Diskussion beenden und auf sein Problem kommen zu können. Jedenfalls begann er nun umständlich und mit großer Vorsicht in der Wahl seiner Worte von einem seltsamen Vorfall zu berichten, der sich wenige Tage vor unserer Ankunft zugetragen und, wie er sagte, große Unruhe unter den Mönchen ausgelöst habe. Wenn hier davon die Rede sein solle, so im Wissen, daß William ein großer Kenner der menschlichen Seele und der Wege des Bösen sei, und daher in der Hoffnung, daß er vielleicht einen Teil seiner kostbaren Zeit damit verbringen möge, Licht zu bringen in eine sehr dunkle und schmerzliche Sache. Vorgefallen sei nämlich, daß Bruder Adelmus von Otranto, ein Mönch von noch jungen Jahren, aber gleichwohl schon bekannt als exzellenter Miniaturenmaler, der die Manuskripte der Klosterbibliothek mit wunderbaren Vignetten zu schmücken pflegte, eines Morgens von einem Ziegenhirten tot auf dem Grunde der Schlucht unter dem Ostturm des Aedificiums gefunden worden sei. Da die anderen Mönche ihn während der Komplet im Chor noch gesehen, nicht aber mehr bei der Frühmette, müsse er wohl in den dunkelsten Stunden der Nacht in die Tiefe gestürzt sein. Es sei eine stürmische Nacht gewesen, eisige Schneeflocken, hart wie Hagelkörner, seien von einem scharfen Nordwind durch die Luft gewirbelt worden. Durchnäßt vom Schnee, der erst getaut und dann zu Eisklumpen gefroren sei, habe man schließlich die Leiche des Unglücklichen am Fuße des Steilhangs gefunden, aufgeschürft von den Felsvorsprüngen, über die er hinabgestürzt. Ein elender und schlimmer Tod, Gott möge sich seiner erbarmen. Wegen der vielen Stöße, die der Körper offensichtlich beim Sturz erlitten, sei es nicht leicht gewesen, den Punkt zu bestimmen, von dem er gefallen sein mußte. Sicher aber aus einem der Fenster, die sich in drei Reihen an drei Seiten des großen Turmes zum Abgrund öffneten.

»Wo habt Ihr den Toten begraben?« fragte William.

»Auf dem Friedhof natürlich«, antwortete der Abt. »Ihr habt ihn vielleicht gesehen, er erstreckt sich neben dem Garten von der Nordseite der Kirche zum Aedificium.«

»Ich verstehe«, sagte William, »und ich begreife nun Euer Problem. Wenn der Ärmste, Gott behüte, Selbstmord begangen hätte (denn es war ja kaum anzunehmen, daß er aus Versehen hinuntergefallen ist), so hättet Ihr am folgenden Morgen eins dieser Fenster offen vorfinden müssen, aber Ihr fandet sie alle wohlverschlossen, und vor keinem von ihnen fanden sich Wasserspuren.«

Wie ich bereits gesagt habe, war der Abt ein Mann von großer Selbstbeherrschung und diplomatischer Unerschütterlichkeit, aber diesmal konnte er seine Überraschung nicht verbergen und schaute so verblüfft drein, daß ihm keine Spur von jener Würde blieb, die sich laut Aristoteles einem ernsthaften und gesetzten Manne ziemt. »Wer hat Euch das gesagt?«

»Nun, Ihr selbst habt es mir gesagt«, erwiderte William. »Wäre ein Fenster offengestanden, so hättet Ihr doch gleich angenommen, daß der Unglückliche sich hinabgestürzt haben mußte. Nach dem, was ich von außen sehen konnte, handelt es sich um große Fenster mit Butzenscheiben, und Fenster dieser Art pflegen sich in Mauern von solcher Stärke gewöhnlich nicht auf ebener Erde zu öffnen. Hättet Ihr also eines von ihnen offen gefunden, so wäre Euch – da auszuschließen war, daß der Unglückliche sich hinausgebeugt und dabei das Gleichgewicht verloren hatte – nur der Gedanke an Selbstmord geblieben. Und in diesem

Falle hättet Ihr ihn nicht in geweihter Erde begraben. Da Ihr ihn aber christlich begraben habt, müssen die Fenster geschlossen gewesen sein, und da sie geschlossen waren und mir noch nie, nicht einmal in Hexenprozessen, ein sündhaft aus dem Leben Geschiedener begegnet ist, dem Gott oder der Teufel es gestattet hätten, aus der Tiefe wieder heraufzuspringen, um die Spuren seiner sündigen Tat zu verwischen, liegt es auf der Hand, daß der vermeintliche Selbstmörder wohl in Wahrheit eher gestoßen worden sein muß, sei's von der Hand eines Menschen oder von der eines Dämons. Und nun fragt Ihr Euch, wer das gewesen sein mag, der den armen Bruder Adelmus, ich will nicht sagen hinuntergestürzt, aber doch mindestens irgendwie seines Willens beraubt und dann, vielleicht in betäubtem Zustand, auf das Fenstersims gehievt haben könnte, und Ihr seid bestürzt, weil offenbar eine böse Macht, sei sie natürlich oder übernatürlich, nun in der Abtei umgeht.«

»So ist es ...«, gab der Abt zu, und es war nicht ganz klar, ob er damit Williams Worte bestätigte oder sich selber Rechenschaft über die Richtigkeit dessen ablegte, was mein kluger Meister so scharfsinnig dargelegt hatte. »Aber woher wißt Ihr, daß wir unter keinem der Fenster Wasserspuren fanden?«

»Weil Ihr mir gesagt habt, daß in jener Nacht ein heftiger Nordwind tobte. Folglich konnte das

Wasser nicht gegen Fenster gedrückt werden, die sich nach Osten öffnen.«

»Wahrlich, man hat mir noch nicht genug berichtet von Eurem Scharfsinn«, rief der Abt aus. »Ihr habt recht, es war tatsächlich kein Wasser da, und nun weiß ich auch, warum. Es hat sich alles so zugetragen, wie Ihr sagt. Versteht Ihr jetzt meine Besorgnis? Es wäre schon schlimm genug, wenn einer meiner Mönche sich mit der schrecklichen Sünde des Suizids befleckt hätte. Aber ich habe Grund zu der Annahme, daß ein anderer von ihnen sich mit einer mindestens ebenso schrecklichen Sünde befleckt hat. Und wenn es nur das wäre ...«

»Wieso meint Ihr, es müsse einer der Mönche gewesen sein? In Eurer Abtei leben doch auch zahlreiche andere Menschen, Stallburschen, Ziegenhirten, Knechte ...«

»Gewiß, es ist zwar eine kleine, aber reiche Abtei«, nickte der Abt mit unverhohlenem Stolz. »Hundertfünfzig Knechte für sechzig Mönche. Aber die Sache hat sich im Aedificium zugetragen. Im Aedificium befinden sich, wie Ihr vielleicht schon wißt, zwar unten die Küche und das Refektorium, aber in den beiden Obergeschossen das Skriptorium und die Bibliothek. Nach dem Abendmahl wird das ganze Gebäude geschlossen, und eine strenge Regel verbietet jedem, es zu betreten.« Die Frage Williams erratend, fügte er rasch hinzu: »Auch den Mönchen, aber ...«

»Aber?«

»Aber ich halte es für ausgeschlossen, ganz und gar ausgeschlossen, versteht Ihr, daß einer der Knechte den Mut aufbrächte, das Aedificium nachts zu betreten.« Ein Anflug von herausforderndem Lächeln blitzte in seinen Augen auf, erlosch aber sogleich wieder. »Sagen wir: sie hätten viel zu große Angst, wißt Ihr... Manchmal müssen Verbote für die Laien mit einer gewissen Drohung unterstrichen werden, etwa mit der Voraussage, daß dem Ungehorsamen etwas Schreckliches widerfahren könnte, etwas Übernatürliches selbstverständlich. Ein Mönch dagegen...«

»Verstehe.«

»Nicht nur, was Ihr meint. Ein Mönch könnte noch andere Gründe haben, sich an einen verbotenen Ort zu wagen. Gründe, die – wie soll ich sagen? – die begründet sein mögen, wenn auch wider die Regel...«

William bemerkte das Unbehagen des Abtes und warf eine Frage ein, die ihm wohl aus der Klemme helfen sollte, aber sein Unbehagen nur noch verstärkte: »Als Ihr eben von der Möglichkeit eines Mordes spracht, sagtet Ihr: Und wenn es nur das wäre. Was meintet Ihr damit?«

»Sagte ich das? Nun ja, man tötet nicht ohne einen Grund, wie pervers er auch sein mag, und ich zittere bei dem Gedanken an die Perversität der Gründe, die einen Mönch dazu bewegen können, einen Mitbruder umzubringen. Das meinte ich.«

»Sonst nichts?«

»Nichts, was ich Euch sagen könnte.«

»Meint Ihr damit: Nichts, was Ihr mir sagen dürftet?«

»Ich bitte Euch, Bruder William, Frater William!« Der Abt betonte beide Anreden gleichermaßen. William errötete heftig und murmelte:

»*Eris sacerdos in aeternum.*«[3]

»Danke«, antwortete der Abt.

Oh, mein Gott, welch schreckliches Geheimnis war es, an das meine beiden unvorsichtigen Herren in diesem Augenblick rührten, der eine von Angst getrieben und der andere von Neugier? Denn wiewohl erst Novize und noch auf dem Wege zu den Mysterien des heiligen Priesteramtes, begriff selbst ich unerfahrenes Kind, daß der Abt offenbar etwas wußte, was er unter dem Siegel des Beichtgeheimnisses erfahren hatte – etwas besonders Schlimmes und Sündhaftes, das mit dem tragischen Ende des Mönches Adelmus zu tun haben könnte. Und das war vielleicht auch der Grund, warum er nun Bruder William bat, ein Geheimnis aufzudecken, das er ahnte, aber niemandem offenbaren durfte, wobei er hoffte, mein scharfsinniger Meister werde kraft seines Verstandes erhellen, was er, der Abt, kraft des hehren Gebotes der Barmherzigkeit im dunkeln lassen mußte.

»Also gut«, sagte William schließlich. »Darf ich den Mönchen Fragen stellen?«

»Ihr dürft.«

»Kann ich mich frei bewegen in der Abtei?«

»Ich gebe Euch die Erlaubnis.«

»Werdet Ihr mir die Aufgabe *coram monachis* übertragen?«

»Noch heute abend.«

»Gut, aber ich werde sofort beginnen, noch ehe die Mönche wissen, mit welcher Aufgabe Ihr mich betraut habt. Ich wollte ohnehin schon seit langem – und das ist nicht der letzte Grund meines Besuches hier – Eure Bibliothek besichtigen, von der man bewundernd in allen Klöstern der Christenheit spricht.«

Der Abt fuhr auf, tat fast einen Satz, und seine Züge verhärteten sich. »Ihr könnt Euch frei in der ganzen Abtei bewegen, wie ich gesagt habe. Nicht aber im Obergeschoß des Aedificiums, nicht in der Bibliothek!«

»Warum nicht?«

»Ich hätte es Euch vorher erklären sollen, aber ich dachte, Ihr wüßtet es schon. Unsere Bibliothek ist nicht wie die anderen ...«

»Ich weiß, daß sie mehr Bücher als jede andere Bibliothek der Christenheit hat. Ich weiß, daß verglichen mit Euren Beständen diejenigen der Abteien von Bobbio oder Pomposa, von Cluny oder Fleury eher dem Spielzimmer eines Kindes gleichen, das gerade lesen zu lernen beginnt. Ich weiß, daß die sechstausend Codizes, deren sich Novalesa vor mehr als einem Jahrhundert rühmte, im Vergleich zu den Euren wenig sind, und vielleicht befinden sich viele von jenen nun hier. Ich weiß, daß Eure Abtei das einzige Licht ist, das die Christenheit den sechsunddreißig Bibliotheken von Bagdad, den zehntausend Handschriften des Wesirs Ibn al-Alkami entgegenzusetzen hat, daß die Zahl Eurer Bibeln den zweitausendvierhundert Koranabschriften gleichkommt, deren sich Kairo rühmt, und daß die Realität Eurer Schätze eine glänzende Widerlegung der stolzen Legende jener Ungläubigen darstellt, die vor Jahren behaupteten (vertraut mit dem Fürsten der Lüge, wie sie es sind), die Bibliothek von Tripolis besitze sechs Millionen Bände und sei bewohnt von achtzigtausend Kommentatoren und zweihundert Schreibern.«

»So ist es, gelobt sei der Herr!«

»Ich weiß, daß unter Euren Mönchen viele sind, die von weither kommen aus anderen Abteien; manche für kurze Zeit, um ein Manuskript zu kopieren, das anderswo unauffindbar ist, und die Kopie mit nach Hause zu nehmen, nicht ohne Euch zum Dank eine andere kostbare Handschrift gebracht zu haben, die Ihr dann kopieren laßt und Eurem Schatz einverleibt; andere bleiben für lange

Jahre, manche gar bis zu ihrem Tod, da sie nur hier die Werke finden, die ihre Forschung erleuchten. So habt Ihr unter Euch Franzosen, Hispanier, Germanen, Dakier und Griechen. Ich weiß auch, daß Kaiser Friedrich Euch vor vielen Jahren ersuchte, ein Buch über die Prophezeiungen des legendären Zauberers Merlin zu kompilieren und ins Arabische zu übersetzen, auf daß er es dem Sultan von Ägypten zum Geschenk machen könne. Ich weiß schließlich auch, daß selbst ein so ruhmreiches Kloster wie Murbach in unseren traurigen Zeiten keinen einzigen Schreiber mehr hat und daß in Sankt Gallen nur noch wenige Mönche leben, die des Schreibens kundig sind, denn heutzutage sind es die Städte, in denen sich Zünfte und Gilden ausbreiten, bestehend aus weltlichen Schreibern, die im Dienst und Auftrag der Universitäten arbeiten, so daß es allein noch Eure Abtei ist, die tagtäglich den Ruhm Eures Ordens erneuert, was sage ich: mehrt und zu immer neuen Höhen treibt!«

»*Monasterium sine libris*«, zitierte versonnen der Abt, »*est sicut civitas sine opibus, castrum sine numeris, coquina sine suppellectili, mensa sine cibis, hortus sine herbis, pratum sine floribus, arbor sine foliis* ...[4] Ja, unser Orden! Als und solange er wuchs am Doppelgebot der Arbeit und des Gebetes, war er Licht für die ganze bekannte Welt, Hort des Wissens, Zuflucht einer antiken Bildung, die unterzugehen drohte in Feuersbrünsten, Plünderungen und Erdbeben, Brutstätte einer neuen Schrift und Pflegestätte der alten ... Oh, Ihr wißt, wir leben in finsteren Zeiten, und erst vor wenigen Jahren – es treibt mir die Zornes- und Schamröte ins Gesicht, wenn ich daran denke – sah sich das Konzil zu Vienne veranlaßt, ausdrücklich zu betonen, daß jeder Mönch verpflichtet ist, sich an die Gebote zu halten! *Ora et labora* ..., doch wie viele unserer Abteien, die noch vor zweihundert Jahren blühende Zentren der Größe und Heiligkeit waren, sind heute Zufluchtsstätten für Faulpelze! Mächtig ist der Orden noch immer, doch der Gestank der Städte kreist unsere heiligen Stätten mehr und mehr ein, das Volk Gottes ist heute dem Handel zugetan und den Händeln und Fehden zwischen Parteien, Klüngeln und Cliquen. Drunten in den dicht besiedelten Ebenen, wo der Geist der Heiligkeit keine Herberge findet, spricht man nicht nur die Volkssprache (von Laien kann man schließlich nichts anderes erwarten), sondern man *schreibt* sie bereits! Möge nie eins dieser Bücher in unsere Mauern gelangen, würde es doch zwangsläufig zu einem Herd und Nährboden der Häresie! Die Sünden der Menschen haben die Welt an den Rand des Abgrunds getrieben, schon ist die Welt durchdrungen vom Abgründigen, das aus dem Abgrund hervorsteigt. Und wie Honorius sagte, werden morgen die Körper der Menschen kleiner sein als es heute die unseren sind, so wie heute die unseren kleiner sind als es einst die der Alten waren. *Mundus senescit,* die Welt vergreist! Wenn Gott unserem Orden noch einen Auftrag gegeben, so ist es heute der, sich dieser Fahrt in den Abgrund entgegenzustemmen, den Schatz des Wissens, den unsere Väter uns anvertraut haben, zu wahren, zu hüten und zu verteidigen. Die göttliche Vorsehung hat gewollt, daß die Weltregierung, die ursprünglich im Osten saß, sich mit dem Herannahen der Zeit immer mehr gen Westen verlagert hat, um uns darzutun, daß sich die Welt ihrem Ende nähert, hat doch der Lauf der Dinge bereits die Grenzen des Universums erreicht. Doch bis das Jahrtausend endgültig zerfällt und jene *bestia immunda,* die wir Antichrist nennen, zum vollen, wenn auch nur kurzen Triumph gelangt, ist es unsere Aufgabe und Mission, den Schatz der christlichen Welt zu wahren und das Wort Gottes zu hüten, wie er es den Propheten und Aposteln offenbarte, wie es die Väter getreu wiederholten, ohne ein Jota zu ändern, und wie es in den Schulen ausgelegt wurde – mag sich heute auch in den Schulen die Schlange der Hoffart, des Neides und der Unvernunft einnisten. Noch sind wir in dieser Abenddämmerung Flamme und hohes Leuchtzeichen am Horizont. Und solange diese Mauern stehen, werden wir Wahrer und Wächter bleiben des göttlichen Wortes.«

»Wohlan, so sei es«, nickte William andächtig.

»Aber was hat das alles damit zu tun, daß man die Bibliothek nicht besichtigen darf?«

»Seht, Bruder William«, erklärte der Abt, »um das große und heilige Werk zu verrichten, das diese Mauern krönt«, und bei diesen Worten wies er durch das Fenster auf den massigen Bau des Aedificiums, dessen Türme sogar die Abteikirche überragten, »haben gottesfürchtige Männer jahrhundertelang arbeiten müssen, und während der ganzen Zeit haben sie eherne Regeln befolgt. Die Bibliothek ist nach einem Plan entstanden, der allen Beteiligten dunkel geblieben ist in all den Jahrhunderten, keiner der Mönche war und ist je befugt, ihn zu kennen. Allein der Bruder Bibliothekar weiß um das Geheimnis, er hat es von seinem Vorgänger erfahren und gibt es vor seinem Tode weiter an seinen Adlatus, damit, falls ein plötzlicher Tod ihn heimsucht, die Bruderschaft nicht dieses kostbaren Wissens beraubt wird. Doch beider Lippen sind durch das Geheimnis versiegelt. Allein der Bibliothekar hat das Recht, sich im Labyrinth der Bücher zu bewegen, er allein weiß, wo die einzelnen Bände zu finden sind und wohin sie nach Gebrauch wieder eingestellt werden müssen, er allein ist verantwortlich für ihre sachgemäße Erhaltung. Die anderen Mönche arbeiten im Skriptorium und haben nur Einsicht in das Verzeichnis der Bücher. Aber ein Verzeichnis besagt oft wenig, und allein der Bibliothekar kann aus der Signatur eines Buches und aus dem Grad seiner Unzugänglichkeit ersehen, welche Art von Geheimnis, von Wahrheit oder von Lüge es enthält. Er allein entscheidet, zuweilen nach Rücksprache mit mir, ob, wann und wie es dem Mönche, der es bestellt hat, auszuhändigen ist. Denn nicht alle Wahrheiten sind für alle Ohren bestimmt, nicht alle Lügen sind sofort als solche erkennbar für eine fromme Seele, und schließlich sollen die Mönche im Skriptorium eine genau definierte Arbeit tun, wozu sie bestimmte Bücher lesen müssen – die anderen gehen sie nichts an, und sie sollen nicht jedem Anflug von Neugier nachgeben, der sie plötzlich packen mag, sei es aus Schwäche des Geistes oder aus Hochmut oder aufgrund einer teuflischen Einflüsterung.«

»Demnach gibt es in Eurer Bibliothek auch Bücher, die Lügen enthalten ...«

»Scheusale existieren, weil sie Teil des göttlichen Plans sind, und selbst in den schrecklichsten Fratzen offenbart sich die Größe des Schöpfers. So existieren, gleichfalls als Teil des göttlichen Plans, auch die Bücher der Magier, die Kabbalen der Juden, die Fabeln der heidnischen Dichter und die Lügen der Ungläubigen. Stets war es die feste und heilige Überzeugung der Gründer und Hüter dieser Abtei, daß auch in den Lügenbüchern ein Abglanz der göttlichen Weisheit vor den Augen des kundigen Lesers aufscheinen kann. Und darum enthält die Bibliothek auch diese Bücher. Doch aus dem gleichen Grunde, versteht Ihr, darf sie nicht von jedermann betreten werden. Außerdem«, fügte der Abt hinzu, als wollte er sich für die Dürftigkeit dieses letzten Arguments entschuldigen, »sind Bücher gebrechliche Wesen, sie leiden unter dem Zahn der Zeit, sie fürchten die Nagetiere, die Unbilden der Witterung, die plumpen Hände ungeübter Benutzer. Hätte in den vergangenen Jahrhunderten jedermann Zutritt zur Bibliothek gehabt und unsere Handschriften nach Belieben berühren dürfen, so wäre der größte Teil von ihnen heute nicht mehr vorhanden. Der Bibliothekar schützt sie also nicht nur vor den Menschen, sondern auch vor der Natur, und er widmet sein ganzes Leben diesem fortwährenden Krieg gegen die Kräfte des Vergessens, des Feindes der Wahrheit.«

»Demnach betritt also außer den beiden Personen niemand das Obergeschoß des Aedificiums?«

Der Abt lächelte fein: »Niemand darf es. Niemand kann es. Niemand hätte, selbst wenn er es wollte, Erfolg. Die Bibliothek verteidigt sich selbst. Unergründlich wie die Wahrheit, die sie beherbergt, trügerisch wie die Lügen, die sie hütet, ist sie ein geistiges Labyrinth und zugleich ein irdisches. Kämt Ihr hinein, Ihr kämt nicht wieder heraus. Dies mag Euch genügen, ich muß Euch bitten, Euch an die Regeln dieser Abtei zu halten.«

»Gleichwohl haltet Ihr es für möglich, daß Adelmus aus einem der Fenster des Obergeschosses gestürzt sein könnte. Wie soll ich seinen Tod untersuchen, wenn ich den Ort nicht sehen darf, an dem die Geschichte seines Todes möglicherweise begonnen hat?«

»Verehrtester Bruder William«, sagte der Abt konziliant, »einem Manne, der meinen Rappen Brunellus beschreiben konnte, ohne ihn je gesehen zu haben, und der den Tod des Adelmus zu schildern vermochte, obwohl er so gut wie nichts darüber wußte – einem solchen Manne wird es kaum schwerfallen, in seine Gedanken Orte miteinzubeziehen, zu denen er keinen Zutritt hat.«

»Wie Ihr wollt«, fügte sich William mit einer leichten Verbeugung. »Ihr seid weise, auch wenn Ihr streng seid.«

»Wenn ich je weise sein sollte«, versetzte der Abt elegant, »so wäre ich es, weil ich streng zu sein vermag.«

»Ein letztes noch«, wollte William wissen. »Wie steht es mit Ubertin?«

»Er ist hier. Er erwartet Euch. Ihr findet ihn in der Kirche.«

»Wann?«

»Jederzeit«, lächelte der Abt. »Ihr müßt wissen, er ist, obgleich sehr gelehrt, kein Mann, der sich gern in Bibliotheken aufhält. Eine säkulare Verlokkung hält ihn davon ab ... Er verbringt seine Tage zumeist in der Kirche mit Meditation und Gebet.«

»Ist er alt geworden?« fragte William zögernd.

»Seit wann habt Ihr ihn nicht gesehen?«

»Seit vielen Jahren.«

»Er ist müde geworden. Er hat sich weit von den Dingen der Welt entfernt. Achtundsechzig Jahre ist er alt, aber ich glaube, sein Geist ist jung geblieben.«

»Ich werde ihn unverzüglich aufsuchen. Ich danke Euch.«

Der Abt lud ihn ein, mit den Mönchen das Mittagsmahl einzunehmen, aber William sagte, er habe erst vor kurzem gegessen, und zwar sehr gut, und er wolle lieber gleich Ubertin aufsuchen. So erhob sich der Abt und wandte sich mit einem Gruß zur Tür.

Als er die Zelle gerade verlassen wollte, erhob sich im Hof ein markerschütternder Schrei wie von einem tödlich getroffenen Menschen, gefolgt von weiteren, ebenso gräßlichen Lauten. »Was ist das?« fragte William erschrocken. »Nichts«, erwiderte lächelnd der Abt. »In dieser Jahreszeit werden die Schweine geschlachtet. Die Metzger tun ihre Arbeit. Nicht dies ist das Blut, mit dem Ihr Euch zu beschäftigen braucht.«

Sprach's und verließ uns – und schädigte mit diesen Worten seinen Ruf als Mann von kluger Voraussicht. Denn am nächsten Morgen ... Aber zügele deine Ungeduld, meine geschwätzige Zunge! Denn auch an diesem Tage, und ehe die Nacht hereinbrach, sollte so mancherlei noch geschehen, wovon zu berichten ist ...

»Die Rose von einst ...«

Seit ich den ›Namen der Rose‹ geschrieben habe, bekomme ich häufig Briefe von Lesern, die wissen möchten, was der lateinische Schlußsatz[5] bedeute und warum das Buch gerade ihm seinen Titel verdanke. Ich antworte hiermit: Es handelt sich um einen Hexameter aus ›De contemptu mundi‹[6] von Bernardus Morlanensis, einem Benediktiner des 12. Jahrhunderts, der über das Thema »*Ubi sunt*« variiert, wobei er den geläufigen Topos – »Wo sind sie, die Großen von einst, die ruhmreichen Städte, die schönen Damen? Alles schwindet dahin ...« (oder wie es später Villon formulierte: »*Mais où sont les neiges d'antan?*«[7]) – lediglich um den Gedanken erweitert, daß uns von all den verflossenen Herrlichkeiten nur nackte Namen bleiben. Ich erinnere daran, daß Abaelard den Satz »*Nulla rosa est*«[8] als Beispiel benutzte, um zu zeigen, wie die Sprache sowohl von vergangenen Dingen als auch von inexistenten sprechen kann. Damit überlasse ich es dem Leser, seine Schlüsse zu ziehen.

Ein Erzähler darf das eigene Werk nicht interpretieren, andernfalls hätte er keinen Roman geschrieben, denn ein Roman ist eine Maschine zur Erzeugung von Interpretationen. Doch eins der Haupthindernisse bei der Verwirklichung dieses noblen Vorsatzes ist gerade der Umstand, daß ein Roman einen Titel braucht.

Ein Titel ist leider bereits ein Schlüssel zu einem Sinn. Niemand kann sich den Suggestionen entziehen, die von Titeln wie ›Rot und Schwarz‹ oder ›Krieg und Frieden‹ ausgehen. Am meisten Respekt vor dem Leser bezeugen Titel, die sich auf den Namen des Helden beschränken, wie ›David Copperfield‹ oder ›Robinson Crusoe‹, aber auch der Verweis auf die Hauptfigur kann eine ungebührliche Einmischung seitens des Autors sein, etwa wenn Balzac mit ›Vater Goriot‹ die Aufmerksamkeit des Lesers auf die Person des Alten lenkt, obgleich der Roman auch das Epos von Rastignac und von Vautrin alias Collin ist. Vielleicht sollte man ehrlich unehrlich sein, wie Dumas Père, der kein Hehl daraus macht, daß sein Roman ›Die drei Musketiere‹ in Wahrheit die Geschichte des vierten erzählt. Aber dergleichen ist rarer Luxus, den sich ein Autor wohl nur aus Versehen erlauben kann.

Mein Roman trug zunächst den Arbeitstitel ›Die Abtei des Verbrechens‹. Ich habe ihn verworfen, denn er fixierte die Aufmerksamkeit des Lesers allein auf die Kriminalhandlung und war geeignet, bedauernswerte, ausschließlich auf harte Reißer erpichte Käufer zum Erwerb eines Buches zu verführen, das sie enttäuscht hätte. Mein Traum war, das Buch einfach ›Adson von Melk‹ zu nennen. Ein sehr neutraler Titel, denn Adson war ja immerhin das Erzähler-Ich. Aber Eigennamen als Titel sind bei unseren Verlegern nicht sehr beliebt, sogar ›Fermo e Lucia‹[9] ist umbenannt worden, und sonst gibt es in der italienischen Literatur nur sehr wenige Beispiele wie ›Lemmonio Boreo‹, ›Rubè‹ oder ›Metello‹[10] – verschwindend wenige gegenüber den Scharen von Leuten, die als Tante Lisbeth, Madame Bovary, Wilhelm Meister, Barry Lyndon, Tom Jones oder Tonio Kröger andere Literaturen bevölkern.

Die Idee zu dem Titel ›Der Name der Rose‹ kam mir wie zufällig und gefiel mir, denn die Rose ist eine Symbolfigur von so vielfältiger Bedeutung, daß sie fast keine mehr hat: rosa mystica, Krieg der Rosen, Roman de la Rose, die Rosenkreuzer, die Anmut der herrlichen Rosen, und Rose lebte das Rosenleben, la vie en rrrose, eine Rose ist eine Rose ist eine Rose, Röslein, Röslein, Röslein rot ... Der Leser wird regelrecht irregeleitet, in alle möglichen Richtungen (also in keine) gewiesen, er kann dem Titel keine bestimmte Deutung entnehmen, und selbst wenn er die im lateinischen Schlußsatz angelegten nominalistischen Lesarten voll erfaßt, kommt er doch eben erst ganz am Ende darauf, nachdem er bereits wer weiß wie oft eine andere Wahl getroffen hat. Ein Titel soll die Ideen verwirren, nicht ordnen.

Nichts ist erfreulicher für den Autor eines Romans, als Lesarten zu entdecken, an die er selbst nicht gedacht hatte und die ihm von Lesern nahegelegt werden. Als ich theoretische Werke schrieb, war meine Haltung gegenüber den Rezensenten die eines Richters: Ich prüfte, ob sie mich verstanden hatten, und beurteilte sie danach. Mit einem Roman ist das ganz anders. Nicht daß man als Romanautor keine Lesarten finden könnte, die einem abwegig erscheinen, aber man muß in jedem Fall schweigen und es anderen überlassen, sie anhand des Textes zu widerlegen. Die große Mehrheit der Lesarten bringt jedoch überraschende Sinnzusammenhänge ans Licht, an die man beim Schreiben nicht gedacht hatte. Was heißt das?

Eine französische Philologin, Mireille Calle Gruber, hat subtile Schreibspiele (Paragramme) entdeckt, in denen die *simplices* (im Sinne der einfachen Leute) mit den *simplices* im Sinne der Heilkräuter assoziiert werden, und nun findet sie, daß ich vom »bösen Gewächs« (oder »Unkraut«) der Häresie spreche. Ich könnte erwidern, daß der Terminus »simplices« in beiden Fällen die Literatur der Epoche durchzieht, desgleichen der Ausdruck »böses Gewächs«. Andererseits kannte ich sehr wohl das Beispiel von Greimas über die doppelte Isotopie, die sich ergibt, wenn man den Kräuterkundigen als einen »Freund der simplices« definiert. Wußte ich, daß ich mit Paragrammen spielte? Es zählt nicht, wie ich im nachhinein sage, der Text ist da und produziert seine eigenen Sinnverbindungen.

Als ich die Rezensionen las, machte es mir besondere Freude, wenn ein Kritiker (die ersten waren Ginevra Bompiani und Lars Gustafsson) eine knappe Bemerkung hervorhob, die William gegen Ende des Inquisitionsprozesses macht (Seite 492 der deutschen Ausgabe). »Was schreckt Euch am meisten an der Reinheit?« fragt Adson, und William antwortete: »Die Eile.« Ich mochte diese zwei Zeilen sehr und mag sie noch heute. Dann aber wies mich ein Leser darauf hin, daß auf der folgenden Seite Bernard Gui, während er dem Cellerar mit der Folter droht, sagt: »Die Gerechtigkeit hat keine Eile, wie die Pseudo-Apostel meinten, und Gottes Gerechtigkeit kann sich Jahrhunderte Zeit lassen.« Und der Leser stellte mir die berechtigte Frage, welche Beziehung ich zwischen der von William gefürchteten Eile und dem von Bernard gefeierten Mangel an Eile habe herstellen wollen. Da ging mir auf, daß hier etwas Beunruhigendes geschehen war. Der kurze Wortwechsel zwischen Adson und William hatte im Manuskript noch gar nicht gestanden, ich hatte ihn erst beim Korrigieren der Druckfahnen eingefügt: Aus Gründen der rhythmischen Harmonie (*concinnitas*) brauchte ich noch einen trennenden Takt, bevor ich dem Inquisitor von neuem das Wort erteilte. Und während ich William die Eile verabscheuen ließ (aus tiefer

Überzeugung, weshalb mir seine Antwort so gut gefällt), war mir natürlich ganz entfallen, daß wenig später auch Bernard Gui von der Eile spricht. Für sich genommen ist Bernards Bemerkung nichts als eine Redensart, die man von einem Richter erwartet, eine Phrase wie »vor dem Gesetz sind alle gleich«. Konfrontiert mit der von William angesprochenen Eile bewirkt jedoch die von Bernard angesprochene Eile einen hintergründigen Sinn, und der Leser fragt sich mit Recht, ob die beiden Personen das gleiche sagen, oder ob der von William geäußerte Haß auf die Eile nicht doch etwas anderes ist als der von Bernard geäußerte Haß auf die Eile. Der Text ist da und produziert seine eigenen Sinnverbindungen. Ob ich es beim Schreiben gewollt hatte oder nicht, man steht jetzt vor einer Frage, einer mehrdeutigen Provokation, und ich selbst habe Schwierigkeiten, den Gegensatz zu interpretieren, obwohl ich begreife, daß er einen Sinn enthält (vielleicht viele).

Der Autor müßte das Zeitliche segnen, nachdem er geschrieben hat. Damit er die Eigenbewegung des Textes nicht stört.

Natürlich, das Mittelalter

Ich habe einen Roman geschrieben, weil ich Lust dazu hatte. Ich halte das für einen hinreichenden

Grund, sich ans Erzählen zu machen. Der Mensch ist von Natur aus ein *animal fabulator.* Begonnen habe ich im März 1978, getrieben von einer vagen Idee: Ich hatte den Drang, einen Mönch zu vergiften. Ich glaube, Romane entstehen aus solchen Ideen-Keimen, der Rest ist Fruchtfleisch, das man nach und nach ansetzt. Es muß eine alte Idee gewesen sein: Ich fand später ein Notizheft aus dem Jahr 1975, in welchem ich mir eine Liste von Mönchen eines unbestimmten Klosters angelegt hatte. Nichts weiter. Als erstes machte ich mich daran, den ›Traité des poisons‹ von Orfila zu studieren – den ich zwanzig Jahre zuvor bei einem Bouquinisten am Seineufer erstanden hatte, aus reiner Treue zu Huysmans (›Là-bas‹). Da keins der behandelten Gifte mich befriedigte, bat ich einen befreundeten Biologen, mir ein Pharmakon mit bestimmten Eigenschaften (Absorbierbarkeit über die Haut bei Berührung von zweckmäßig präparierten Gegenständen) zu empfehlen. Seinen Antwortbrief, in dem er mir schrieb, er kenne leider kein Gift, das meinen Wünschen entspreche, habe ich unverzüglich vernichtet: Schriftstücke solcher Art bringen ihren Besitzer, liest man sie in einem anderen Kontext, leicht an den Galgen.

Ursprünglich sollten meine Mönche in einem zeitgenössischen Kloster leben (ich dachte an einen Mönchs-Detektiv, der ›Il Manifesto‹[11] las). Aber da Klöster oder Abteien noch immer von allerlei mittelalterlichen Erinnerungen zehren, stöberte ich in meinen Archiven aus mediävistischen Studientagen (1956 ein Buch über die mittelalterliche Ästhetik, 1959 weitere hundert Seiten zum Thema, ein paar Aufsätze hier und da, 1962 erneute Rückkehr zur mittelalterlichen Tradition für meine Arbeiten über Joyce, 1972 dann eine längere Studie über die Apokalypse und über die Miniaturen des Kommentars von Beatus Liébanensis – ich war also nie ganz aus der Übung gekommen). Mir fiel ein breitgefächertes Material in die Hände: Textauszüge, Fotokopien, Notizen, die sich seit 1952 angesammelt hatten, um anderen gänzlich vagen Zwekken zu dienen – einer Geschichte der Monster, einer Studie über die mittelalterlichen Enzyklopädien, einer Theorie der Aufzählung ... Nach einer Weile sagte ich mir, wenn das Mittelalter ohnehin mein tägliches Imaginarium ist, könnte ich ebensogut auch einen Roman schreiben, der unmittelbar in jener Epoche spielt. Denn wie ich einmal in einem Interview sagte, die Gegenwart kenne ich nur aus dem Fernsehen, über das Mittelalter habe ich Kenntnis aus erster Hand. Bei einem Familienausflug, als wir einmal ein Feuer im Freien machten, warf meine Frau mir vor, ich hätte gar keinen Blick für die Funken, die zwischen den Bäumen aufflogen und als Leuchtstreifen durch die Abendluft segelten. Als sie dann das Kapitel über den Brand der Abtei las, rief sie erstaunt: »Also hast du doch die Funken gesehen!« Worauf ich erwiderte: »Nein, aber ich wußte, wie ein mittelalterlicher Mönch sie gesehen hätte.«

Vor zehn Jahren, in einem Brief an den Verleger Franco Maria Ricci, geschrieben als Nachwort zu meinem Kommentar über den Apokalypsenkommentar des Abtes Beatus von Liébana, gestand ich:

»Wie man's auch dreht und wendet, ich gelangte zur Forschung, indem ich symbolische Wälder durchstreifte, darinnen es Greife und Einhörner gab, indem ich die spitzzinnigen und quadratischen Bauformen der Kathedralen mit den exegetischen Spitzfindigkeiten in den Vierkantformeln der *Summulae* verglich, indem ich zwischen Notre Dame und zisterziensischen Kirchen vagabundierte, freundlich plaudernd mit gebildeten und gespreizten Cluniazensermönchen, beargwöhnt von einem schwerfälligen und rationalistischen Aquinaten, in Versuchung geführt von Honorius Augustoduniensis mit seinen phantastischen Geographien, aus denen man nicht nur erfährt, *quare in pueritia coitus non contingat*[12], sondern auch, wie man zur Verlorenen Insel gelangt und wie man einen Basilisken fängt, ausgerüstet nur mit einem Taschenspiegel und einem unerschütterlichen Glauben an das Bestiarium ... Diese Vorlieben und Leidenschaften haben mich nie verlassen, auch nicht, als ich später aus geistigen und materiellen Gründen andere Wege beschritt (wer Mediävistik betreiben will, muß oft beträchtliche Mittel aufwenden, um in ferne Bibliotheken reisen und seltene Handschriften mikrofilmen zu können). So ist das Mittelalter zwar nicht mein Beruf, wohl aber mein Hobby geblieben – und meine stete Versuchung, denn ich sehe es überall durchscheinen in den Dingen, mit denen ich mich beschäftige, die nicht mittelalterlich erscheinen und es doch sind ... Heimliche Ferien unter den Säulen und Rundbögen von Autun, wo heute der Abt Grivot Manuale über den Teufel schreibt mit schwefelgetränktem Einband, sommerliche Ekstasen vor den Portalen von Conques und Moissac, betört von den vierundzwanzig Greisen der Apokalypse oder von Teufeln, welche die armen verdammten Seelen in kochende Kessel pferchen; zugleich Regenerationen des Geistes durch Lektüre des Aufklärer-Mönches Beda, Tröstungen der Vernunft durch das Studium Ockhams, um die Geheimnisse der Zeichen auch dort zu verstehen, wo Saussure noch dunkel geblieben ist. Und so weiter, mit fortdauernder Nostalgie nach der ›Peregrinatio Sancti Brendani‹, mit Überprüfungen unseres Denkens am altirischen ›Book of Kells‹, mit Borges, wiedergefunden in den keltischen ›Kenningar‹, mit Kontrolluntersuchungen zum Verhältnis von überredeten Massen und Macht anhand der Tagebücher des Abt-Bischofs Suger ...«

Die Maske

In Wahrheit beschloß ich nicht nur, *vom* Mittelalter zu erzählen, sondern *im* Mittelalter, nämlich durch den Mund eines mittelalterlichen Chronisten. Ich war als Erzähler Debütant, ich hatte bisher die Erzähler stets nur von außen betrachtet, von der anderen Seite der Barrikade. Ich schämte mich zu erzählen. Ich kam mir vor wie ein Theaterkritiker, der sich plötzlich im Rampenlicht exponiert, auf offener Bühne vor den Augen all derer, mit denen er bisher komplizenhaft im Parkett gehockt hatte.

Kann einer, der erzählen will, heute noch sagen: »Es war ein klarer spätherbstlicher Morgen gegen Ende November«, ohne sich dabei wie Snoopy zu fühlen? Was aber, wenn ich Snoopy das sagen ließe? Wenn also die Worte »Es war ein klarer spätherbstlicher Morgen ...« jemand sagte, der dazu berechtigt war, weil man zu seiner Zeit noch so anheben konnte? Eine Maske, das war's, was ich brauchte.

Ich setzte mich also hin und las (erneut) die mittelalterlichen Chronisten, um mir den Rhythmus und die Unschuld ihrer Erzählweise anzueignen. *Sie* sollten für mich sprechen, dann war ich frei von jedem Verdacht. Von jedem Verdacht, aber nicht vom Gewicht der Vergangenheit, von den Echos der Intertextualität. Denn nun entdeckte ich, was die Dichter seit jeher wußten (und schon so oft gesagt haben): Alle Bücher sprechen immer von anderen Büchern, und jede Geschichte erzählt eine längst schon erzählte Geschichte. Das wußte Homer, das wußte Ariost, zu schweigen von Rabelais und Cervantes ... Ergo konnte meine Geschichte nur mit der wiedergefundenen Handschrift beginnen, und auch das wäre dann (natürlich) nur ein Zitat. So schrieb ich zunächst das Vorwort, indem ich meine Erzählung, verpackt in drei andere Erzählungen, in den vierten Grad der Verpuppung setzte: Ich sage, daß Vallet sagte, daß Mabillon sagte, daß Adson sagte ...

Nun war ich von allen Ängsten frei. Und an diesem Punkt hörte ich wieder auf zu schreiben. Ich hörte auf für ein ganzes Jahr, weil ich noch etwas anderes entdeckte, was ich zwar schon wußte (alle wußten es), aber erst beim Arbeiten richtig verstand.

Ich entdeckte nämlich, daß ein Roman zunächst einmal gar nichts mit Worten und Sprache zu tun hat. Das »Schreiben« eines Romans ist ein kosmologischer Akt – wie der, von welchem die Genesis handelt (irgendein Vorbild muß man sich schließlich nehmen, sagte Woody Allen).

Der Roman als kosmologischer Akt

Wer erzählen will, muß sich zunächst eine Welt erschaffen, eine möglichst reich ausstaffierte bis hin zu den letzten Details. Angenommen, ich schaffe mir einen Fluß, zwei Ufer, auf deren linkes ich einen Angler setze, ausgestattet mit einem jähzornigen Charakter und einem nicht ganz sauberen Strafregister, so könnte ich schon zu schreiben beginnen, indem ich in Worte fasse, was unvermeidlich geschehen muß. Was tut ein Angler? Er angelt (schon habe ich eine Reihe von mehr oder minder unausweichlichen Begriffen, Gesten, Bewegungen). Und was geschieht dann? Entweder gibt es in meinem Fluß Fische, die anbeißen, oder es gibt keine. Gibt es welche, so wird sie der Angler angeln und zufrieden nach Hause gehen. Gibt es keine, so wird er, jähzornig wie er ist, vielleicht wütend werden und seine Angelrute zerbrechen. Nicht eben viel, aber schon ein Ansatz. Nun gibt es jedoch ein indianisches Sprichwort, das heißt: »Setz dich ans Ufer des Flusses und warte, bald wird deines Feindes Leiche vorbeischwimmen.« Was, wenn nun eine Leiche den Fluß heruntergeschwommen käme (ist doch die Möglichkeit einer Wasserleiche dem intertextuellen Bezugsfeld des Flusses prinzipiell inhärent)? Vergessen wir nicht, daß mein Angler ein nicht ganz sauberes Strafregister hat. Wird er die Polizei holen und riskieren, daß er Ärger bekommt? Wird er davonlaufen? Wird er so tun, als ob er die Leiche nicht sieht? Wird er vor Angst vergehen, weil die Leiche am Ende tatsächlich die seines Feindes ist? Wird er vor lauter Wut platzen, weil er die langersehnte Rache nun nicht mehr vollziehen kann? Wie man sieht, genügt es, die eigene Welt mit wenigem auszustaffieren, und schon hat man den Ansatz zu einer Geschichte. Auch schon den Ansatz zu einem Stil, denn ein Angler, der angelt, verlangt von meiner Erzählung einen ruhigen, fließenden Rhythmus, skandiert nach dem Muster seiner Erwartung, die geduldig sein muß, aber auch nach dem Muster seiner jähen Wutausbrüche. Das Problem ist, die Welt zu errichten, die Worte kommen dann fast wie von selbst. *Rem tene, verba sequentur.* Das Gegenteil dessen, was, glaube ich, in der Lyrik geschieht: *Verba tene, res sequentur.*[13]

Das erste Jahr der Arbeit an meinem Roman verging mit dem Aufbau der Welt. Lange Listen der Bücher, die in einer mittelalterlichen Bibliothek stehen konnten. Namen- und Datenregister für viele Personen, viele mehr, als am Ende in die Geschichte hineinkamen. Denn ich mußte ja schließlich auch wissen, wer die anderen Mönche waren, die nicht im Buch auftreten; es war nicht nötig, daß der Leser ihre Bekanntschaft machte, aber ich mußte sie kennen. Wer hat gesagt, die Epik müsse dem Einwohnermeldeamt Konkurrenz machen? Aber vielleicht muß sie auch dem Bauamt Konkurrenz machen. Also ausgedehnte architektonische Studien, anhand von Bildern, Fotos und Grundrissen in der Enzyklopädie der Architektur, um den Plan der Abtei festzulegen, die Entfernungen, ja selbst die Anzahl der Stufen einer Wendeltreppe. Marco Ferreri hat mir später gesagt, daß meine Dialoge filmgerecht seien, da sie die richtige Länge hätten. Kein Wunder: Wenn zwei meiner Personen miteinander redeten, während sie vom Refektorium zum Kapitelsaal gingen, schrieb ich mit dem Plan der Abtei vor Augen, und wenn sie angelangt waren, hörten sie auf zu reden.

Um frei erfinden zu können, muß man sich Beschränkungen auferlegen. In der Lyrik kann die Beschränkung durch das Versmaß gegeben sein, durch den Reim oder auch durch das, was Zeitgenossen den Atem nach dem Gehör genannt haben. In der Epik wird die Beschränkung durch die zugrundeliegende Welt gegeben. Das ist keine Frage des Realismus (obwohl es *sogar* den Realismus erklärt): Man kann sich auch eine ganz irreale Welt errichten, in der die Esel fliegen und die Prinzessinnen durch einen Kuß geweckt werden, aber auch diese rein phantastische und »bloß mögliche« Welt muß nach Regeln existieren, die vorher festgelegt worden sind (zum Beispiel muß man wissen, ob es eine Welt ist, in der Prinzessinnen nur durch den Kuß von Prinzen geweckt werden können oder auch durch den Kuß einer Hexe, und ob der Kuß einer Prinzessin nur Kröten in Prinzen zurückverwandelt oder auch, sagen wir, Gürteltiere).

Zu meiner Welt gehörte *auch* die Realgeschichte, und darum studierte ich so viele Chroniken der Epoche; und während ich sie studierte, wurde mir klar, daß in meinen Roman auch Dinge eingehen mußten, an die ich anfangs nicht einmal im Traum gedacht hätte, wie der Armutsstreit oder die Verfolgung der Fratizellen.

Ein Beispiel: Wie sind die Fratizellen des 14. Jahrhunderts in mein Buch gekommen? Eigentlich hätte ich, wenn ich nun schon eine mittelalterliche Geschichte erzählen sollte, sie lieber im 13. oder 12. Jahrhundert angesiedelt, wo ich viel besser zu Hause war. Aber ich brauchte einen Detektiv, nach Möglichkeit einen Engländer (intertextuelles Zitat), der eine gute Beobachtungsgabe und einen ausgeprägten Sinn für die Interpretation von Indizien haben mußte. Und diese Eigenschaften fanden sich, wenn überhaupt, nur im Umkreis der Franziskaner *nach* Roger Bacon; außerdem gab es eine entwickelte Zeichentheorie erst bei den Ockhamisten, beziehungsweise es gab sie auch vorher schon, aber vor Ockham wurden die Zeichen entweder symbolisch gedeutet, oder man sah in ihnen vorwiegend die Ideen und Universalien. Erst zwischen Bacon und Ockham wurden die Zeichen als Mittel zur Erkenntnis der Individuen benutzt. Folglich mußte ich meine Geschichte ins 14. Jahrhundert verlegen, zu meiner großen Irritation, weil ich mich dort viel schlechter auskannte. Also erneute Studien – und die Entdeckung, daß ein Franziskaner im 14. Jahrhundert, auch ein englischer, unmöglich den Armutsstreit ignorieren konnte, zumal wenn er ein Freund oder Anhänger oder Kenner Ockhams war (nebenbei: ursprünglich sollte Ockham selber mein Detektiv sein, aber dann habe ich darauf verzichtet, denn als Mensch ist mir der Inceptor Venerabilis nicht besonders sympathisch).

Warum spielt nun das Ganze ausgerechnet Ende November 1327? Weil im Dezember Michael von Cesena bereits in Avignon ist (und dies eben heißt in einem *historischen* Roman eine Welt ausstaffieren: einige Elemente, wie die Anzahl der Stufen, beruhen auf einer Entscheidung des Autors; andere, wie die Bewegungen Michaels von Cesena, sind abhängig von der wirklichen Welt, die in dieser Art von Romanen zufällig mit der möglichen Welt der Erzählung koinzidiert).

November war aber eigentlich noch zu früh. Denn ich mußte ja auch ein Schwein schlachten. Warum? Ganz einfach: um eine Leiche kopfüber in einen Schweineblutbottich stürzen zu können. Und warum das? Weil die zweite Posaune der Apokalypse verkündet … Und die Apokalypse konnte ich schließlich nicht ändern, sie gehörte zu meiner Welt. Nun trifft es sich aber (ich habe mich informiert), daß Schweine erst bei Kälte geschlachtet werden, und dafür konnte November noch zu früh sein, jedenfalls in Italien. Es sei denn, ich versetzte meine Abtei in die Berge, um so bereits ersten Schnee zu haben ... Andernfalls hätte sich meine Geschichte durchaus in der Ebene abspielen können, in Pomposa oder in Conques.

Wie es dann weitergeht, sagt uns die einmal geschaffene Welt. Alle fragen mich immer, warum mein Jorge in seinem Namen an Borges erinnert und warum denn Borges so böse ist. Ich weiß es nicht. Ich wollte einen Blinden als Hüter der Bibliothek (das hielt ich für eine gute erzählerische Idee), und Bibliothek plus Blinder ergibt eben zwangsläufig Borges, auch weil die Schulden bezahlt werden müssen. Außerdem waren es spanische Kommentare und Miniaturen, durch welche die Apokalypse das ganze Mittelalter beeinflußt hatte. Doch als ich Jorge in die Bibliothek setzte, wußte ich noch nicht, daß er der Mörder war. Er hat das Ganze sozusagen auf eigene Faust getan. Und man halte das nicht für einen »Idealismus« wie die Behauptung, Romanpersonen hätten ein Eigenleben und der Autor lasse sich, wie in Trance, ihr Handeln von ihnen eingeben. Dummheiten für Abituraufsatzthemen. Nein, die Personen sind gezwungen, nach den

Gesetzen der Welt zu handeln, in der sie leben. Anders gesagt, der Erzähler ist der Gefangene seiner eigenen Prämissen.

Eine andere schöne Geschichte war auch die Sache mit dem Labyrinth. Sämtliche Labyrinthe, die ich kannte (und ich hatte die schöne Untersuchung von Santarcangeli durchgesehen), waren Labyrinthe im Freien. Sie konnten sehr kompliziert sein, voller verschlungener Windungen. Aber ich brauchte ein geschlossenes Labyrinth (hat man je eine Bibliothek im Freien gesehen?), und wenn es zu kompliziert wurde, mit zu vielen Gängen und Innenräumen, hätte es Schwierigkeiten mit der Belüftung gegeben. Eine gute Belüftung war aber nötig, um den Brand zu entfachen (und *dieser* Punkt, daß mein Aedificium am Ende in Flammen aufgehen mußte, war mir von Anfang an klar gewesen, aber auch diesmal aus kosmologisch-historischen Gründen, denn im Mittelalter brannten Kathedralen und Klöster wie Zunder ab, und eine mittelalterliche Geschichte ohne Feuersbrunst wäre geradezu wie ein Kriegsfilm aus dem Pazifik ohne brennend vom Himmel stürzende Flugzeuge). So bastelte ich denn zwei bis drei Monate lang an der Konstruktion eines passenden Labyrinths, und am Ende mußte ich es mit Mauerschlitzen versehen, sonst wäre noch immer zu wenig Luftzug gewesen.

Auf dem Wege zu einem Neuen Mittelalter

Neuerdings hat man in verschiedenen Kreisen begonnen, von unserer Epoche als von einem neuen Mittelalter zu sprechen. Die Frage ist, ob es sich dabei um eine Prognose oder um eine Feststellung handelt. Mit anderen Worten: Sind wir bereits in das Neue Mittelalter eingetreten, oder steht uns, wie es Roberto Vacca vor kurzem in einem beunruhigenden Buch ausgedrückt hat, ein ›Mittelalter in naher Zukunft‹ bevor? Vaccas These bezieht sich auf den Verfall der großen Systeme, die für das technologische Zeitalter typisch sind: zu ausgedehnt und komplex, um von einer zentralen Autorität im ganzen koordiniert oder auch nur im einzelnen von einem effizienten Management kontrolliert zu werden, seien sie zum Kollaps verurteilt und bewirkten im gleichen Maße, wie sie ihm näher kämen, unweigerlich einen Rückschritt der ganzen industriellen Zivilisation. Überprüfen wir die apokalyptischste Hypothese, die Vacca in einem Szenario von großer Eindringlichkeit entwirft.

Projekt einer Apokalypse

Eines Tages wird es in den Vereinigten Staaten dazu kommen, daß die Koinzidenz einer Verstopfung der Straßen mit einer Lähmung des Bahnverkehrs die Ablösungsmannschaft eines großen Flughafens daran hindert, ihren Arbeitsplatz zu erreichen. Vom Streß überwältigt, verursachen die nicht abgelösten Fluglotsen einen Zusammenstoß zweier Jumbos, die auf eine Hochspannungsleitung stürzen, deren Ladung, verteilt auf andere, schon überlastete Leitungen einen Blackout bewirkt, wie ihn die Stadt New York bereits vor einigen Jahren erlebte. Nur ist er diesmal noch gründlicher und dauert mehrere Tage. Da es schneit und die Straßen verstopft bleiben, bilden die Autos gigantische Knäuel. In den Büros entzünden die Leute offene Feuer, um sich zu wärmen, es kommt zu Bränden, die nicht gelöscht werden können, da die Feuerwehr sie nicht erreicht. Unter dem Ansturm von fünfzig Millionen Eingeschlossenen, die sich gegenseitig anzurufen versuchen, bricht das Telefonnetz zusammen. Es beginnen Märsche im Schnee mit Toten am Wegrand.

Von aller Versorgung abgeschnitten, versuchen die wandernden Horden, sich Unterkünfte und Lebensmittel zu beschaffen, die Zigmillionen in Amerika frei verkauften Schußwaffen treten in Aktion; die Streitkräfte übernehmen die Macht, doch auch sie erliegen der allgemeinen Paralysierung. Supermärkte werden geplündert, die Kerzenbestände in den Häusern gehen zur Neige, die Zahl der Erfrorenen, der Verhungerten und der Toten in den überfüllten Kliniken steigt. Nach ein paar Wochen, wenn die Normalität wieder notdürftig hergestellt ist, beginnen die zahllosen Leichen in den Städten und auf dem Lande, Epidemien zu verbreiten, es drohen Seuchen im Ausmaß der Schwarzen Pest, die im 14. Jahrhundert zwei Drittel der europäischen Bevölkerung dahinraffte. Angstpsychosen entstehen, ein neuer McCarthyismus kommt auf, der den alten an Brutalität noch weit übertrifft. Das politische Leben, in die Krise getreten, zerfällt in eine Vielzahl autonomer und von der Zentralmacht unabhängiger Subsysteme mit Söldnermilizen und Selbstjustiz. Während die Krise sich ausbreitet, sind es die Bewohner der unterentwickelten Zonen, die leichter mit ihr zurandekommen, da sie schon vorher gelernt hatten, sich unter schwierigen Lebens- und Konkurrenzbedingungen durchzuschlagen, und so kommt es zu großräumigen Migrationen mit Rassenvermischungen und -fusionen, Importen und Ausbreitung neuer Ideologien. Nachdem die Kraft der Gesetze erloschen ist und die Kataster zerstört sind, stützt sich das Eigentum nur noch auf das Recht der »Usukapion«, das heißt des Besitzerwerbs durch »Ersitzung« nach dem Motto »wer hat, der hat«; zugleich reduziert der rasche Verfall die Städte auf eine Serie von Ruinen im Wechsel mit Häusern, die noch bewohnbar sind und jeweils von denen bewohnt werden, die sich ihrer bemächtigen, während lokale Autoritäten noch eine gewisse Macht behalten können, indem sie abgeschirmte Bezirke und kleine Festungen bilden. An diesem Punkt ist man schon tief in feudalen Strukturen, die Bündnisse zwischen lokalen Mächten beruhen auf Kompromissen und nicht auf dem Recht, die individuellen Beziehungen gründen auf Aggressionen, auf Freundschaftsbündnissen oder Interessengemeinschaften, elementare Bräuche der Gastlichkeit für den Wanderer bilden sich neu.

Angesichts dieser Perspektive, meint Vacca, sei es zwingend geboten, Äquivalente der alten Klostergemeinschaften zu entwickeln, die sich ab sofort inmitten des allgemeinen Verfalls darin üben, die wissenschaftlichen und technischen Kenntnisse, die zur Heraufkunft einer neuen Renaissance erforderlich sind, zu wahren und weiterzugeben. Wie diese Kenntnisse organisiert werden können, wie man verhindert, daß sie im Laufe der Weitergabe verkommen oder von gewissen Gruppen zu partikulären Zwecken mißbraucht werden, diese und andere Probleme sind das Thema der letzten (und großenteils anfechtbaren) Kapitel des Buches vom ›Mittelalter in naher Zukunft‹. Doch die Frage ist, wie eingangs erwähnt, eine andere: Vor allem gilt es zu klären, ob Vaccas Szenario eine apokalyptische Zukunftsvision darstellt oder eine Emphatisierung von Prozessen, die bereits laufen. Im weiteren geht es darum, den Begriff des Mittelalters von der negativen Aura zu befreien, die ihm eine gewisse Kulturpublizistik im Geiste der Renaissance umgehängt hat. Versuchen wir also zunächst zu klären, was unter Mittelalter zu verstehen ist.

Alternativprojekt eines Mittelalters

Als erstes stellen wir fest, daß der Ausdruck zwei recht verschiedene Zeitabschnitte umfaßt: Der eine reicht vom Zerfall des Weströmischen Reiches bis zur Jahrtausendwende und ist eine Zeit der Krise, des Niedergangs, der gewaltsamen Einnistung ganzer Völker und des Zusammenpralls von Kulturen; der andere reicht von der Jahrtausendwende bis zum Beginn der Epoche, die man in der Schule als Humanismus bezeichnet, und nicht zufällig sehen ihn viele Historiker schon wieder als eine Zeit der Blüte; ja sie sprechen sogar von drei Renaissancen, einer karolingischen, einer zweiten im 11. und 12. Jahrhundert und einer dritten, die wir als die »eigentliche« Renaissance zu sehen gewohnt sind.

Angenommen, es gelänge, das Mittelalter synthetisch in eine Art abstraktes Modell zu fassen:

welcher der beiden Phasen entspräche dann unsere Zeit? Jede Suche nach einer Punkt für Punkt genauen Entsprechung wäre naiv, schon weil wir in einer Zeit leben, in der sich die Prozesse enorm beschleunigt haben; was heute in fünf Jahren geschieht, kann einer Entwicklung entsprechen, die damals fünf Jahrhunderte brauchte. Außerdem hat sich das »Zentrum der Welt« auf den ganzen Globus erweitert, heutzutage leben Kulturen, Zivilisationen und verschiedene Entwicklungsstadien miteinander, und in Begriffen des Alltagsverstandes sind wir geneigt, von »mittelalterlichen Verhältnissen« in einem Land wie Bengalen zu sprechen, während wir etwa New York als ein blühendes Babylon sehen oder Peking als das Modell einer neuen Renaissancekultur. Folglich muß der Vergleich, wenn er angestellt werden soll, zwischen ausgewählten Momenten und Situationen unserer globalen Zivilisation einerseits und andererseits verschiedenen Momenten eines Geschichtsprozesses, der vom 5. bis zum 14. Jahrhundert der christlichen Ära reichte, gezogen werden. Gewiß mag es recht akademisch erscheinen, einen bestimmten geschichtlichen Augenblick (heute) mit einem Zeitraum von beinahe einem Jahrtausend zu vergleichen, und akademisch wäre es auch, wenn es dabei bliebe. Doch wir versuchen hier, eine Art hypothetisches »Projekt Mittelalter« zu entwikkeln (gleichsam als wollten wir uns ein Mittelalter errichten und überlegten nun, welche Zutaten nötig sind, um ein möglichst plausibles und leistungsfähiges herzustellen).

Freilich wird dieses Projekt oder Modell die charakteristischen Merkmale aller im Labor erzeugten Geschöpfe haben: Es wird das Ergebnis einer Auswahl sein, und die Auswahl wird von einem Ziel abhängen. In unserem Fall ist das Ziel die Herstellung eines historischen Bildes, an dem wir Tendenzen und Situationen unserer Zeit messen können. Es wird ein Spiel im Labor sein, aber niemand hat je im Ernst behauptet, daß Spiele nutzlos seien. Spielend lernt das Kind, sich in der Welt zurechtzufinden, eben weil es in der Fiktion durchspielt, was es in der Wirklichkeit später zu tun gezwungen sein wird.

Was brauchen wir alles, um ein gutes Mittelalter zu fabrizieren? Vor allem zunächst einen Großen Frieden, der brüchig zu werden beginnt, eine Weltmacht, die den vorhandenen Weltkreis als Sprache, als ein Ensemble von Sitten und Bräuchen, Ideologien und Religionen, Kunst und Technik vereinigt hatte und die nun an einem bestimmten Punkt aufgrund ihrer eigenen unregierbaren Komplexität zerfällt. Sie zerfällt, weil an den Grenzen die »Barbaren« drängen, die nicht zwangsläufig unkultiviert sein müssen, aber neue Sitten und Weltanschauungen mitbringen. Diese Barbaren können gewaltsam eindringen, um sich eines Reichtums zu bemächtigen, der ihnen bisher verwehrt war; oder sie können langsam in den sozialen und kulturellen Körper der herrschenden Pax einsickern und dabei neue Glaubensformen und Lebensperspektiven verbreiten. Als das Römische Reich zu zerfallen begann, war es nicht von der christlichen Ethik unterminiert; es hatte sich selber unterminiert, indem es synkretistischerweise sowohl die alexandrinische Hochkultur als auch die orientalischen Mithras- oder Astarte-Kulte aufnahm, indem es mit der Magie herumspielte, mit den neuen Sexualethiken, mit verschiedenen Heilsbildern und Erlösungshoffnungen. Es hatte sich neue Rassenelemente einverleibt, es hatte unter dem Druck der Verhältnisse viele starre Klassentrennungen aufgehoben, es hatte die Unterschiede zwischen Bürgern und Nichtbürgern, zwischen Patriziern und Plebejern verringert, es hatte zwar die Verteilung der Reichtümer aufrechterhalten, aber die der Funktionen und sozialen Rollen durchlässiger gemacht, und es hatte auch gar nicht anders gekonnt. Es hatte rasche Akkulturationsphänomene erlebt, es hatte Männer an die Regierung gelassen, die zweihundert Jahre vorher noch als rassisch minderwertig gegolten hätten, es hatte zahlreiche Theologien entdogmatisiert. Im selben Augenblick konnten die Herrschenden zu den klassischen Göttern beten, die Soldaten zu Mithras und die Sklaven zu Jesus. Instinktiv verfolgte man zwar den Glauben, der auf lange Sicht am tödlichsten für das System erschien, doch in der Regel herrschte durchaus eine große repressive Toleranz, die alles an- und aufzunehmen erlaubte.

Der Zerfall des Großen Friedens (der militärischen und zivilen, sozialen und kulturellen Pax Romana) eröffnete zwar eine Zeit ökonomischer Krisen und politischer Machtkarenzen, aber nur eine berechtigte antiklerikale Reaktion hat uns das »finstere Mittelalter« so finster zu sehen erlaubt; faktisch war auch das frühe Mittelalter vor der Jahrtausendwende (vielleicht sogar mehr als das spätere) eine Zeit enormer geistiger Vitalität voll faszinierender Dialoge zwischen barbarischen Zivilisationen, römischem Erbe und christlich-orientalisch geprägten Fermenten, eine Zeit der Reisen und der Begegnungen (mit den irischen Mönchen, die kreuz und quer durch Europa zogen und Ideen verbreiteten, Lesekenntnisse förderten, allen möglichen Unsinn erfanden ...). Kurzum, hier wuchs der moderne abendländische Mensch heran, und in diesem Sinne kann das Modell eines Mittelalters uns nützen, zu begreifen, was heutzutage geschieht: Im Zerfall eines Großen Friedens kommt es zu Krisen und Unsicherheit, verschiedene Zivilisationen stoßen zusammen, und langsam entsteht das Bild eines neuen Menschen. Es tritt erst später in voller Klarheit zutage, aber die Grundzüge sind schon da und brodeln in einem dramatischen Kessel. Boethius, der Pythagoras unter die Leute bringt und Aristoteles nachliest, wiederholt nicht einfach nur sklavisch die Lektion der Vergangenheit, sondern erfindet eine neue Art, Kultur zu betreiben, und während er sich als der letzte Römer gebärdet, gründet er faktisch die erste Studienstätte am Hof der Barbaren.

Krise der Pax Americana

Daß wir heute die Krise der Pax Americana erleben, ist mittlerweile Gemeinplatz der kritischen Zeitgeschichte. Es wäre kindisch, die »neuen Barbaren« in ein präzises Bild fixieren zu wollen, schon wegen des negativen und irreführenden Klanges, den der Ausdruck »Barbaren« noch immer in unseren Ohren hat. Sind es die Chinesen oder die Völker der Dritten Welt, die protestierenden Jugendlichen oder die »Gastarbeiter« beziehungsweise, in einem Land wie Italien, die Immigranten aus dem Mezzogiorno, die in Turin ein neues Piemont erzeugen, das niemals zuvor existiert hat? Und drängen sie nur an den Grenzen (wo sind die Grenzen?), oder sind sie bereits im Innern des sozialen Körpers am Werk? Andererseits, wer waren die Barbaren in den Jahrhunderten der Dekadenz des Römischen Reiches? Die Hunnen, die Goten oder die asiatischen und afrikanischen Völker, die mit ihrem Handel und ihren Religionen mehr und mehr auch die Zentrale des Reiches erfaßten? Das einzige, was mit Sicherheit damals verschwand, war die Figur des klassischen Römers, so wie heute der klassische Liberale verschwindet, der Unternehmer angelsächsischer Zunge, der in ›Robinson Crusoe‹ sein erstes Epos gefunden hatte und in Max Weber seinen Vergil.

Gewiß, in den Villen und Bungalows von Suburbia verkörpert der mittlere Angestellte mit Bürstenhaarschnitt noch den aufrechten Römer, aber sein Sohn läuft bereits mit langen Indianerhaaren und mexikanischem Poncho herum, spielt die indische Sitar, liest buddhistische Texte oder leninistische Fibeln und bringt es oft fertig (ähnlich wie seine Vorfahren im zerfallenen Römischen Reich), mit gleicher Inbrunst Hermann Hesse, die Tierkreiszeichen, die Alchimie, das Mao-Tsetung-Denken, den Marihuana-Joint und die Stadtguerilla-Techniken zu verehren; man lese nur Jerry Rubins ›Do it!‹ oder denke an die Programme der »Alternate University«, die vor zwei Jahren in New York Seminare über Marx, die kubanische Ökonomie und die Astrologie veranstaltete. Andererseits läßt sich auch der Vater, dieser letzte noch überlebende Römer, in Momenten der Langeweile auf Spielereien mit Partnertausch ein und erschüttert so das Modell der puritanischen Familie.

Eingefügt in eine große Korporation (ein zerfallendes Großsystem) erlebt dieser Römer mit Bürstenhaarschnitt faktisch bereits die totale Dezentralisierung und Krise der Zentralmacht (oder -mächte), die nur noch eine Fiktion ist (wie einst das späte Imperium) und ein System von immer abstrakteren Prinzipien. Man lese die einschlägigen Analysen der Gesellschafts- und Politikwissenschaftler, zumal den beeindruckenden Essay des italienischen Soziologen Furio Colombo (›Potere, gruppi e conflitto nella società neo-feudale‹[14]), aus dem die Zeitgenossenschaft einer typisch neo-medievalen Situation sehr klar hervorgeht. Aber auch ohne Soziologie zu betreiben, wissen wir alle, in welchem Maße bei uns die Regierungsentscheidungen oft nur noch formaler Natur sind – im Gegensatz zu den scheinbar peripheren Entscheidungen großer Konzerne, die nicht zufällig schon beginnen, sich ihre privaten Telefonnetze zu schaffen, womöglich unter Benutzung der öffentlichen, und ihre privaten Hochschulen, finalisiert zur Erzeugung brauchbarerer Resultate, als sie angesichts des Scheiterns der staatlichen Bildungspolitik zu erwarten sind. Und in welchem Maße heutzutage die Politik des Pentagon oder des FBI ganz unabhängig von der des Weißen Hauses vorgehen kann, steht jeden Tag in den Zeitungen.

»Der Handstreich der technologischen Macht hat die Institutionen ausgehöhlt und das Zentrum der sozialen Struktur veröden lassen«, schreibt

Colombo, und die Macht »organisiert sich offen außerhalb der zentralen und mittleren Zone des sozialen Körpers«. Sie verlagert sich immer mehr »in eine von allgemeinen Aufgaben und Verantwortlichkeiten freie Zone und enthüllt damit offen und unversehens den akzessorischen Charakter der Institutionen«.

Appelle erfolgen nicht mehr unter Berufung auf amtliche Hierarchien oder staatlich kodifizierte Funktionen, sondern unter Berufung auf ein Prestige und effektive Pressionen. Colombo zitiert den Fall der New Yorker Gefängnisrevolte vom Oktober 1970, als die institutionelle Autorität in Gestalt von Oberbürgermeister John Lindsay nur noch durch Appelle zur Mäßigung eingreifen konnte, während der Ausgleich – zwischen Gefangenen und Wärtern zuerst, dann zwischen Journalisten und Gefängnisbehörden – effektiv durch Vermittlung des Fernsehens erfolgte.

Vietnamisierung des Territoriums

Im Wechselspiel dieser privaten Interessen, die sich selbst verwalten und dabei zu Kompromissen und Gleichgewichten gelangen können, geschützt von Privatpolizeien und Söldnertruppen und ausgerüstet mit eigenen rundum befestigten Sammel- und Verteidigungszentren, erleben wir heute das, was Colombo eine fortschreitende »Vietnamisierung der Territorien« nennt, das heißt eine zunehmende Einigelung und Befestigung der privaten Reviere gegen die Schläge neuer Freikorps (wer oder was sind die »Minutemen« und die »Black Panthers«?). Man probiere nur einmal, mit einer Maschine der TWA in New York zu landen: Man kommt in eine völlig private Welt, eine selbstverwaltete Kathedrale, die nicht das geringste mit dem Terminal der PanAm zu tun hat. Die Zentralmacht, von der TWA besonders stark unter Druck gesetzt, liefert der Fluggesellschaft eine schnellere Paß- und Zollabfertigung als den anderen. *Fly TWA and you enter United States in five minutes!* – mit anderen Fluggesellschaften braucht man dafür eine Stunde. Alles hängt davon ab, welchem fliegenden Feudalherrn man sich anvertraut, und die »Gesandten des Herrn« (die auch mit Befugnis zu ideologischer Verdammung und Absolution ausgestattet sind) befreien die einen von Bannflüchen, die für die anderen viel dogmatischer unaufhebbar sind.

Man muß nicht erst nach Amerika gehen, um zu erkennen, wie sehr sich das Äußere etwa der Schalterhalle einer Bank in Mailand oder Turin verändert hat, oder um zu ermessen, wenn man zum Beispiel das Hauptgebäude der RAI in Rom zu betreten versucht, was für ein Kontrollsystem, verwaltet von inneren Sicherheitskräften, man heute passieren muß, bevor man den Fuß in eine überdurchschnittlich befestigte Burg setzen kann. Das Beispiel der Fortifizierung und Prämilitarisierung großer Fabriken ist auch bei uns inzwischen Alltagserfahrung. Der gewöhnliche Polizist mag noch dienlich sein oder nicht, er bekräftigt die symbolische Präsenz der Zentralmacht, die manchmal auch wirksamer »weltlicher Arm« werden kann, doch meistens genügen die inneren Söldnertruppen. Wird eine Ketzerfestung dann allzu peinlich (wie die Mailänder Staatsuniversität mit ihrem »de facto« privilegierten Freiraum), so greift die Zentralmacht ein, um die Autorität des Bildes vom Staat wiederherzustellen; doch in die Mailänder Architekturfakultät, die sich in eine Trutzburg verwandelt hatte, ist sie erst eingedrungen, als Feudalherren unterschiedlicher Provenienz, Konzerne, Zeitungen, örtliche Christdemokratie, beschlossen hatten, daß die feindliche Trutzburg geschleift werden müsse. Erst in diesem Moment bemerkte die Staatsmacht (oder tat so, als wäre sie zu der Überzeugung gelangt), daß die Situation seit Jahren illegal war, und erhob Anklage gegen den Fakultätsrat. Solange der Druck von seiten großer Feudalherren noch nicht unerträglich geworden war, hatte man dieses kleine Lehen verirrter Tempelritter oder, wenn man so will, dieses Kloster wildgewordener Mönche ungeschoren gelassen, auf daß es sich selbst verwalte mit seinen Regeln und Fastengebräuchen oder Freizügigkeiten.[15]

Vor einem Jahr hat der italienische Geograph Giuseppe Sacco das Thema der »Medievalisierung der Stadt« entfaltet: Eine Reihe von Minderheiten, die sich der Integration verweigern, schließen sich zu Clans zusammen, und jeder Clan verschanzt sich in einem Stadtteil, der dann zu seinem (oft unzugänglichen) Zentrum wird; so kommt es zur Bildung mittelalterlicher »Contraden« (Sacco lehrt in Siena). Auf den Clangeist rekurrieren andererseits auch die wohlhabenden Klassen, die sich, dem Naturmythos folgend, aus der Stadt ins Grüne zurückziehen, das heißt in Gartenviertel mit autonomen Supermärkten, wo sie andere Typen von Mikrogesellschaften bilden.

Auch Sacco greift das Thema der Vietnamisierung der Territorien auf, die zu permanenten Spannungsgebieten werden, wenn der gesellschaftliche Konsens zerbricht: Eine der Reaktionen des Staates ist die Tendenz zur Dezentralisierung der großen Universitäten (eine Art »Entlaubung« von Studenten), um gefährliche Massenzusammenballungen zu verhindern. In dieser permanenten Bürgerkriegssituation, beherrscht von Zusammenstößen gegensätzlicher Minderheiten ohne Zentrum, nähern sich unsere Städte immer mehr jenem Zustand, den wir bereits in einigen an die Guerilla gewöhnten Städten Lateinamerikas finden können,

»wo die Zerstückelung des sozialen Körpers treffend dadurch symbolisiert wird, daß die Pförtner der großen Apartmenthäuser gewöhnlich mit Maschinenpistolen bewaffnet sind«. In denselben Städten »muten die öffentlichen Gebäude, etwa die Präsidentenpaläste, bisweilen wie Festungen an, umgeben von einer Art Sperrzone, die sie vor Bazooka-Angriffen schützen soll«.

Natürlich muß unsere Parallele zum Mittelalter so scharf gezogen werden, daß sie nicht die symmetrisch entgegengesetzten Bilder zu fürchten braucht. Denn während das andere Mittelalter einen engen Zusammenhang zwischen Bevölkerungsrückgang, Verödung der Städte und Hungersnot auf dem Lande, Kommunikationsschwierigkeiten, Verfall der römischen Straßen und Poststationen und Krise der zentralen Kontrolle sah, scheint sich heute (angesichts und im Vorfeld der Krise des zentralen Machtapparates) das Gegenteil abzuzeichnen: eine Bevölkerungsexplosion, die sich mit einer explosionsartigen Vermehrung der Kommunikations- und Verkehrsprozesse verbindet und somit die Städte nicht durch Zerstörung und Verödung unbewohnbar macht, sondern durch Verstopfung und übermäßige Aktivität. An die Stelle des Efeus, das die verfallenden Baudenkmäler früherer Zeiten zerfraß, treten heute die Luftverschmutzung und die Berge von Abfall, die unsere neuen Großbauwerke verunstalten und ersticken; die Städte füllen sich mit Immigranten, aber die alten Einwohner ziehen aus und kommen nur noch zur Arbeit herein, um nach Feierabend so schnell wie möglich in ihre Vorstädte zu enteilen (die immer stärker befestigt werden nach dem Massaker von Bel Air). Manhatten wird, wenn es so weitergeht, bald nur noch von Schwarzen bewohnt sein und Turin von Süditalienern, während ringsum auf den Hügeln und in den Ebenen neue Adelsburgen entstehen, verbunden mit neuen Nachbarschaftsbräuchen und gegenseitigem Mißtrauen und großen Gelegenheiten zu feierlich-zeremonieller Begegnung.

Der ökologische Verfall

Auf der anderen Seite leiden die Großstädte, auch wenn sie heute nicht mehr von kriegerischen Barbaren geplündert oder von Feuersbrünsten verheert werden, unter Wasserknappheit, krisenanfälliger Stromversorgung und Verkehrsverstopfungen. Vacca verweist auf die Existenz subversiver Underground-Gruppen, die im Bestreben, die technologische Massengesellschaft an der Basis zu treffen, zur Provozierung von Blackouts aufrufen, etwa indem sie empfehlen, möglichst viele elektrische Haushaltsgeräte gleichzeitig zu benutzen und die Wohnung durch Offenlassen der Kühlschranktür frisch zu halten. Gewiß hat Vacca vollkommen recht, wenn er als Wissenschaftler bemerkt, daß bei offenstehender Kühlschranktür die Temperatur nicht sinkt, sondern steigt; aber die heidnischen Philosophen hatten bedeutend ernstere Einwände gegen die sexuellen oder ökonomischen Theorien der ersten Christen vorzubringen, und dennoch bestand das Problem nicht darin, die Wirksamkeit ihrer Theorien zu prüfen, sondern zu klären, wie man den Absentismus und das Verweigern der Mitarbeit, wenn sie ein gewisses Maß überschritten, wirksam bekämpfte. Vor kurzem wurden bei uns Professoren gemaßregelt, weil ihre Weigerung, bei Fakultätsversammlungen die Absenzen zu registrieren, einer Absage an den Kult der alten Götter gleichkam. Was die Machthaber fürchten, wenn sie den Willen zur Sabotage der traditionellen Ordnung und zur Einführung neuer Gebräuche sehen, ist die Aushöhlung der Rituale und der Mangel an förmlicher Reverenz vor den Institutionen.

Kennzeichnend für das frühe Mittelalter war auch ein rascher Verfall der Technologie und eine zunehmende Verarmung des Landes. Eisen war knapp, und ein Bauer, der seine einzige Sichel in einen Brunnen fallen ließ, mußte auf den wundertätigen Eingriff eines Heiligen warten, der sie ihm wieder heraufholte (wie es von Legenden bezeugt wurde), andernfalls hatte sein Erdenleben ein Ende. Die Bevölkerung nahm rapide ab, erst nach der Jahrtausendwende begann sie wieder zu wachsen, und zwar genau dank der Einführung neuer Anbaumethoden, vor allem des Anbaus von Bohnen und Linsen mit hohem Nährgehalt, ohne die Europa an konstitutioneller Schwäche gestorben wäre (das Verhältnis von Bohnen und kultureller Erneuerung ist entscheidend). Die heutige Parallele kommt aus entgegengesetzter Richtung zum gleichen Ergebnis: Eine immense Entwicklung der Technologie provoziert Verstopfungen und Dysfunktionen, die Expansion einer hochtechnisierten Ernährungsindustrie verkehrt sich zur Produktion von vergifteten und krebserzeugenden Lebensmitteln.

Auf der anderen Seite produziert die Gesellschaft des maximalen Konsums nicht perfekte Gebrauchsgegenstände, sondern leichtverderbliche Apparate (wer ein gutes Messer haben will, kauft es am besten in Afrika, in den Vereinigten Staaten zerbricht es nach einmaligem Gebrauch). Die »technological civilization« wird immer mehr zu einer Gesellschaft gebrauchter und nicht mehr brauchbarer Gegenstände – während es auf dem Lande zu Kahlschlägen kommt, zur Aufgabe von Kulturen, Verseuchung des Wassers, der Luft und des Bodens, Ausrottung ganzer Tierarten und so weiter, weshalb die Einführung, wenn nicht von Bohnen, so doch von neuen genuinen Elementen immer dringlicher wird.

Was den Umstand betrifft, daß man heute zum Mond fliegen kann, daß Fußballspiele per Satellit übertragen und neue Verbindungen im Labor erzeugt werden, so paßt er bestens zu der anderen, meist ignorierten Seite des Hochmittelalters um die Jahrtausendwende, das man zu Recht als die Zeit einer ersten sehr folgenreichen industriellen Revolution definiert hat. Im Laufe von drei Jahrhunderten wurden die Steigbügel und das Kummet erfunden, das die Leistung der Zugpferde potenzierte, die Windmühle und das frei bewegliche Heckruder, das den Schiffen ein Kreuzen gegen den Wind erlaubte. So unwahrscheinlich es klingen mag, dem Durchschnittsmenschen boten sich wenige Chancen in seinem Leben, die benachbarte Stadt zu sehen, aber viele, nach Santiago de Compostela oder Jerusalem zu gelangen. Das mittelalterliche Europa war von Pilgerstraßen durchzogen (die es säuberlich in seinen frommen Reiseführern verzeichnete, in denen die Abteikirchen aufgeführt wurden wie heute die Motels und Hiltons), ähnlich wie der moderne Himmel von Fluglinien, die uns leichter nach New York bringen als in die hundert Kilometer entfernte Nachbarstadt.

Man könnte hier einwenden, daß die halbnomadische mittelalterliche Gesellschaft eine Gesellschaft des unsicheren und gefahrvollen Reisens war; aufbrechen hieß sein Testament machen (man denke an den alten Vercors in Claudels ›Verkündigung‹), und reisen hieß riskieren, auf Räuber, Vagantenhorden und wilde Tiere zu stoßen. Doch das Ideal des modernen Reisens als einer Spitzenleistung von Sicherheit und Komfort ist inzwischen nachhaltig ramponiert: Beim Einsteigen in einen Jet, nachdem man die vielfältigen Kontrollen und Durchsuchungen gegen Flugzeugentführungen hinter sich hat, beschleicht einen heute schon wieder ziemlich genau das alte Gefühl der Unsicherheit in einer Welt voll Gefahren, und vermutlich wird es in Zukunft noch wachsen.

Die Insecuritas

»Unsicherheit« ist ein Schlüsselbegriff, das Gefühl des Ungeborgenseins in der Welt gehört in den Rahmen der »millenaristischen« oder chiliastischen Endzeitängste: Die Welt ist dem Untergang nahe, eine finale Globalkatastrophe wird das Millennium beenden. Die berühmten »Schrecken des Jahres Tausend« sind zwar eine Legende, wie inzwischen bewiesen ist, aber bewiesen ist auch, daß die Angst vor dem Ende das ganze 10. Jahrhundert durchzog (bis auf die letzten Jahre, in denen die Psychose bereits überwunden war). Was unsere heutige Zeit betrifft, so genügen die wiederkehrenden Themen der nuklearen und der ökologischen Katastrophe, um starke apokalyptische Strömungen anzuzeigen. Als utopisches Korrektiv gab es damals die Vorstellung der »renovatio imperii«, das heißt der Erneuerung des Heiligen Römischen Reiches, wie heute die ziemlich wandelbare Idee der »Revolution«, beide mit soliden realen Aussichten, nur daß die Realisierung am Ende vielleicht ein bißchen anders aussieht als das ursprüngliche Projekt (die Unsicherheit wurde diszipliniert, aber nicht durch das erneuerte Reich, sondern durch die kommunale Renaissance und die Nationalmonarchien).

Doch Unsicherheit ist nicht nur ein »historisches« Phänomen, sondern auch ein »psychologisches«, sie verbindet sich mit der Beziehung des Menschen zur Landschaft und des Einzelnen zur Gesellschaft. Wer nachts durch die Wälder irrte, sah sie von bösen Geistern bewohnt, man wagte sich nicht so leicht vor die Tore der Stadt, man ging bewaffnet – eine Situation, an die der New Yorker sich heute gewöhnt, der nach Einbruch der Dämmerung keinen Fuß mehr in den Central Park setzt, der aufpaßt, daß er nicht aus Versehen eine Subway nach Harlem besteigt und nach Mitternacht nicht mehr allein in der Subway fährt und wenn er eine Frau ist, auch vorher nicht. Unterdessen, während die Ordnungskräfte beginnen, das Räubertum durch unterschiedslose Massaker an

Guten und Schlechten zu unterdrücken, kommt die Praxis der »revolutionären Enteignung« und der Entführung von Botschaftern auf – ähnlich wie einst ein Kardinal mit seinem ganzen Gefolge von jedem besseren Robin Hood gefangengenommen werden konnte, zum Austausch gegen ein paar fröhliche Waldgenossen, denen der Galgen drohte.

Letzter Pinselstrich am Tableau der kollektiven Unsicherheit: Heute wie damals, im Unterschied zu den Gepflogenheiten der bürgerlich-liberalen Staaten, werden die Kriege nicht mehr erklärt (außer im nachhinein, wenn der Konflikt beendet ist, siehe Indien und Pakistan), so daß man nie weiß, ob man sich schon im Kriegszustand befindet oder noch nicht. Im übrigen braucht man bloß nach Livorno, nach Verona oder nach Malta zu gehen (oder nach Heidelberg, Ramstein, Mutlangen, Garmisch etc., *A. d. Ü.*), um sich mit eigenen Augen zu vergewissern, daß Truppen des Reiches als Dauerbesatzung in unseren nationalen Gebieten stehen, und es handelt sich um gemischtsprachige Armeen mit Befehlshabern, die ständig versucht sind, ihre Macht zu benutzen, um auf eigene Rechnung Kriege zu führen (oder Politik zu machen).

Die Vagantes

Durch diese weiten Gebiete der Insecuritas ziehen Banden von Ausgestoßenen und Ausgestiegenen, Mystikern oder Abenteurern. Abgesehen davon, daß in der allgemeinen Hochschulkrise die Studenten sich als Vagantes rekonstituieren, ihre »natürlichen Lehrer« ablehnen und sich nur noch auf unbestallte Meister berufen, haben wir einerseits Hippiebanden, regelrechte Bettelorden, die von der öffentlichen Mildtätigkeit leben auf der Suche nach einer mystischen Seligkeit (ob durch Drogen oder durch göttliche Gnade macht kaum einen Unterschied, schon weil allerlei nichtchristliche Religionen durch die Falten der chemischen Seligkeit lugen). Die lokale Bevölkerung lehnt sie ab und verfolgt sie, und wenn dann der Bruder vom Blumenorden aus allen Jugendherbergen vertrieben ist, mag er schreiben, es herrsche hienieden eitel Freude. Genau wie im Mittelalter ist die Grenze zwischen dem Mystiker und dem Halsabschneider oft minimal, und Charles Manson ist nichts anderes als ein Mönch, der sich, wie seine Vorfahren, etwas zu sehr auf satanische Riten eingelassen hat (andererseits werden auch Mächtige, wenn sie den Argwohn der effektiv Herrschenden wecken, wie es den Templern unter Philipp dem Schönen erging, in Sittenskandale und/oder Landesverratsaffären verwickelt). Mystische Ekstase und diabolischer Ritus liegen nah beieinander, und Gilles de Rais, der bei lebendigem Leibe verbrannt wurde, weil er zu viele Kinder gefressen hatte, war ein Waffengefährte der hl. Guerillera Jeanne d'Arc, einer charismatischen Führergestalt wie Che... Andere den Bettelorden verwandte Formen werden dagegen auf anderen Gebieten von politisierenden Gruppen beansprucht, der Moralismus vieler »marxistisch-leninistischer« Bruderschaften mit seiner Berufung auf Armut, Sittenstrenge und »Dienst am Volk« hat mönchische Wurzeln.

Wenn die Parallelen unklar erscheinen, denke man an die enorme Differenz, die unter dem Anschein des frommen Äußeren zwischen kontemplativen und arbeitsscheuen Mönchen bestand: Mönchen, die in der Abgeschiedenheit ihrer Klöster wüst aufeinander einschlugen, aktivistische und populistische Franziskaner, doktrinäre und verbissene Dominikaner, aber allesamt mehr oder minder freiwillig ausgestiegen aus dem normalen gesellschaftlichen Zusammenhang, den sie als dekadent, diabolisch, Nährboden für Neurosen und »Entfremdung« abtaten. Diese Gemeinschaften von Erneuerern, hin- und hergerissen zwischen hektischer Aktivität im Dienst der Entrechteten und heftiger theologischer Diskussion, zerfleischten einander mit gegenseitigen Häresievorwürfen und übereinandergestapelten Exkommunikationen. Jede Gruppe machte sich ihre eigenen Dissidenten und Häresiarchen zurecht, und die wilden Attacken, die Franziskaner und Dominikaner gegeneinander ritten, sind nicht unähnlich denen, die zwischen Trotzkisten und Stalinisten toben – und das ist nicht stammtischgeschwätzhafterweise ein Zeichen für wüste Unordnung und »Chaotentum«, sondern im Gegenteil Zeichen für eine Gesellschaft, in welcher neue Kräfte nach neuen Bildern des kollektiven Lebens suchen und dabei entdecken, daß sie diese Bilder nicht anders durchsetzen können als im Kampf gegen die etablierten »Systeme« durch Ausübung einer bewußten und rigorosen theoretisch-praktischen Intoleranz.

Die Auctoritas

Es gibt einen Aspekt der mittelalterlichen Zivilisation, den uns eine aufgeklärte, laizistische und liberale Sicht durch übertrieben scharfe Polemik zu deformieren und als schlimmes Übel zu sehen verleitet hat, nämlich die Praxis des Rückgriffs auf die Auctoritas. Der mittelalterliche Gelehrte tut immer so, als habe er überhaupt nichts Neues erfunden oder entdeckt, und beruft sich ständig auf frühere Autoritäten. Es können die Patres der Ostkirche sein, es können Augustinus, Aristoteles oder die Heilige Schrift sein oder auch Gelehrte, die kaum hundert Jahre alt sind, aber nie darf er etwas

Neues vorbringen, ohne es hinzustellen als etwas, das schon *vor* ihm jemand gesagt hat. Wenn wir es recht bedenken, ist es genau das Gegenteil dessen, was man seit Descartes in der aufgeklärten Moderne tut, in welcher bekanntlich der Philosoph oder Wissenschaftler nur dann etwas gilt, wenn er etwas Neues eingeführt hat (desgleichen seit der Romantik, vielleicht auch schon seit dem Manierismus, der Künstler). Nicht so der Mann des Mittelalters, er tut genau das Gegenteil. Darum erscheint die mittelalterliche Kulturdebatte, von außen betrachtet, wie ein enormer Monolog ohne Differenzen, denn alle bemühen sich, immer dieselbe Sprechweise zu gebrauchen, dieselben Zitate, dieselben Argumente, denselben Wortschatz, und dem fremden Zuhörer kommt es vor, als sagten alle immer dasselbe – genau wie dem, der heute in eine Versammlung linker Studenten gerät oder die Presse der außerparlamentarischen Gruppen liest (oder auch die Schriften der chinesischen Kulturrevolution).

In Wahrheit erkennt der Spezialist für mittelalterliche Probleme fundamentale Unterschiede, so wie der erfahrene Politiker heute mühelos Differenzen und Abweichungen zwischen den einzelnen Diskussionsbeiträgen erkennt und sein Gegenüber sofort in die eine oder andere Fraktion einzuordnen vermag. Der mittelalterliche Gelehrte weiß nämlich sehr genau, daß man mit der Auctoritas machen kann, was man will: »Die Autorität hat eine Nase aus Wachs, die man nach Belieben verformen kann«, sagte Alain de Lille im 12. Jahrhundert. Aber schon vor ihm hatte Bernhard von Chartres gesagt: »Wir sind wie Zwerge auf den Schultern von Riesen« – die Riesen sind die unbestreitbaren Autoritäten von einst, die soviel klarer und weiter sahen als wir; aber wir, so klein wir auch sein mögen, sehen, wenn wir uns auf sie stützen, noch weiter.

Es gab mithin auf der einen Seite durchaus das Bewußtsein, daß man Neues erfand und Fortschritte machte, andererseits mußten die Neuerungen auf einem kulturellen Corpus aufbauen, der ihnen sowohl ein paar unbestreitbare Überzeugungen garantierte als auch eine gemeinsame Sprache. Und das war nicht nur Dogmatismus (auch wenn es oft einer wurde), sondern es war die Art und Weise, in welcher der Mann des Mittelalters auf das Chaos und den kulturellen Zerfall des untergehenden Römertums reagierte, auf das Gewimmel von Ideen, Religionen, Verheißungen, Sprachen und Redeweisen der hellenistischen Welt, in der sich jeder mit seinem Schatz an Wissen allein fand. Das erste, was damals getan werden mußte, war das Wiederherstellen einer Thematik, einer Rhetorik und eines gemeinsamen Wortschatzes, an dem man sich zu erkennen vermochte, andernfalls hätte man nicht mehr kommunizieren können noch gar (worauf es ankam) eine Brücke zwischen Intellektuellen und Volk schlagen – was die mittelalterlichen Intellektuellen, paternalistisch und auf ihre Weise, im Unterschied zu den griechischen und den römischen taten.

Die Haltung der jungen politischen Gruppen heute ist genau von derselben Art, sie stellt die Reaktion dar auf den Zerfall der romantisch-idealistischen Originalitätsvorstellung und auf den Pluralismus der liberalen Ansichten, verstanden als ideologische Hüllen, die unter der Patina ihrer Meinungs- und Methodenvielfalt die eherne Einheitlichkeit der ökonomischen Herrschaft verbergen. Die Suche nach heiligen Texten (ob von Marx oder Mao, von Che Guevara oder von Rosa Luxemburg) hat in erster Linie diese Funktion: Wiederherstellung einer gemeinsamen Diskussionsbasis, eines Corpus von anerkennbaren Autoritäten, auf dem man das Spiel der Differenzen und der sprengenden Vorschläge austragen kann. Und zwar mit einer ganz und gar mittelalterlichen, dem Geist des modernen Bürgertums genau entgegengesetzten Demut: Entscheidend ist nicht die Persönlichkeit dessen, der vorschlägt, und der Vorschlag darf nicht als individuelle Entdeckung durchkommen, sondern nur als Ergebnis einer kollektiven, stets und streng anonymen Entscheidung. Darum verläuft eine Vollversammlung linker Studenten heute wie eine »quaestio disputata«:

eine scholastische Disputation, die dem Außenstehenden vorkam wie ein monotones byzantinisches Spiel, während in ihr nicht bloß die großen Schicksalsfragen der Menschheit diskutiert wurden, sondern Probleme, die das Eigentum und die Verteilung des Reichtums betrafen, das Verhältnis zum Fürsten oder auch die Natur der beweglichen Körper auf Erden und der unbeweglichen Himmelskörper.

Die Formen des Denkens

Wechseln wir rasch die Szene (nach wie vor in der Gegenwart), ohne jedoch die Parallele zum Mittelalter auch nur einen Fingerbreit zu verlassen: Wir sitzen in einem Hörsaal, und Noam Chomsky zerlegt unsere Sätze grammatikalisch in Atombestandteile, die sich binomisch verzweigen, oder Roman Jakobson reduziert die phonologischen Emissionen auf binäre Züge, oder Claude Lévi-Strauss strukturiert die Verwandtschaftsbeziehungen und das Geflecht der Mythen in antinomische Spiele, oder Roland Barthes liest Balzac, de Sade und Ignatius von Loyola, wie der mittelalterliche Gelehrte Vergil las, nämlich indem er gegensätzliche und symmetrische Illusionen aufspürt. Nichts kommt dem mittelalterlichen intellektuellen Spiel näher als die strukturalistische Logik, so wie ihm, aufs ganze gesehen, nichts näher kommt als der Formalismus der heutigen physikalischen und mathematischen Logik. Daß sich auf ein und demselben Gebiet im Mittelalter Parallelen sowohl zur dialektischen Debattierweise der Politiker heute als auch zur tendenziell mathematischen Deskriptionsweise in der heutigen Wissenschaft finden, darf uns nicht wundern, da wir ja eine lebendige Wirklichkeit mit einem kondensierten Modell vergleichen; aber in beiden Fällen, damals wie heute, handelt es sich um zwei Annäherungsweisen an die Realität, die keine befriedigende Parallele in der Kultur des modernen Bürgertums haben und die beide mit einem Rekonstitutions- oder Neugestaltungsprojekt zusammenhängen, angesichts einer Welt, deren offizielles Bild abhanden gekommen ist oder abgelehnt wird.

Der Politiker argumentiert subtil, gestützt auf die Autoritäten, um ausgehend von theoretischen Grundlagen eine formende Praxis zu stiften; der Wissenschaftler versucht, durch Distinktionen und Klassifizierungen neue Formen für ein kulturelles Universum zu finden, das (wie das griechisch-römische) an zuviel Originalität explodiert ist, am Zusammenfluß allzu vieler verschiedener Neuerungen aus Orient und Okzident, Magie, Religion und Recht, Poesie, Medizin und Physik. Es geht um den Aufweis, daß Abszissen des Denkens existieren, die uns erlauben, Moderne und Primitive im Zeichen ein und derselben Logik zu begreifen. Die formalistischen Exzesse und die antihistorische Neigung des Strukturalismus sind die gleichen wie die der scholastischen Diskussionen im Mittelalter, desgleichen muß die pragmatische und verändernde Spannkraft der Revolutionäre (die damals Reformatoren hießen oder schlicht Ketzer) sich heute wie damals auf heftige Theorie-Kontroversen stützen, und jede theoretische Nuancierung impliziert eine andere Praxis. Selbst die Diskussionen zwischen Sankt Bernhard, dem Befürworter einer bildlosen, keuschen und strengen Kunst, und dem Abt Suger von St. Denis, der für die prachtvoll geschmückte, von bildlichen Aussagen strotzende Kathedrale eintrat, finden heute Entsprechungen auf diversen Ebenen und diversen Gebieten im Gegensatz zwischen russischem Konstruktivismus und sozialistischem Realismus, zwischen Anhängern der abstrakten Malerei und des Neobarock, zwischen rigoristischen Theoretikern der begrifflichen Kommunikation und McLuhanschen Aktivisten des Weltdorfes der visuellen Kommunikation durch elektronische Medien.

Die Kunst als Bastelei

Gehen wir nun von den Parallelen in Wissenschaft und Politik zu denen in Kunst und »Bildung« über, so wird das Panorama sehr viel komplexer. Auf der einen Seite haben wir eine ziemlich exakte Entsprechung zwischen den beiden Epochen, die in verschiedenen Modi, aber mit gleichen Erziehungsutopien (und mit gleicher ideologischer Maskierung eines paternalistischen Projekts der Bewußtseinslenkung) die Kluft zwischen elitärer und populärer Kultur durch Einsatz der visuellen Kommunikationsmittel zu überbrücken versuchen. In beiden Epochen räsoniert die Bildungselite anhand der geschriebenen Texte mit buchgläubiger Mentalität, aber dann übersetzt sie die essentiellen Daten des Wissens und die Grundstrukturen der herrschenden Ideologie in Bilder. Das Mittelalter ist eine Zivilisation der Schau, in der die Kathedrale als großes steinernes Buch fungiert und praktisch als Werbeplakat, als Fernsehbildschirm, als mystischer Comic strip, der alles erzählen und alles erklären muß: die Völker der Erde, die Künste und die Berufe, die Tage des Jahres, die Jahreszeiten der Saat und der Ernte, die Mysterien des Glaubens, die Anekdoten der heiligen und der profanen Geschichte und das Leben der Heiligen (der großen Verhaltensvorbilder oder Massenidole, ähnlich den heutigen Film- und Rockstars, eine

Elite ohne politische Macht, wie Francesco Alberoni sagen würde, aber mit enormer charismatischer Macht).

Neben diesem großangelegten Volksbildungsunternehmen haben wir auf der anderen Seite die stille Kompositions- und Collage-Arbeit, die von der Bildungselite an den Überresten der vergangenen Kultur verrichtet wird. Man nehme einen Magischen Kasten von Joseph Cornell oder von Arman, eine Collage von Max Ernst, eine Unnütze Maschine von Bruno Munari oder Jean Tinguely, und man befindet sich in einer Welt, die nichts mehr mit Raffael oder Canova zu tun hat, aber sehr viel mit dem mittelalterlichen Kunstgeschmack. In der Poesie bezeugen es die Figuren- und Rätselgedichte, die irischen Kenningar, die Akrostika, die verbalen Geflechte aus vielfältigen Zitaten, die an Pound und Sanguineti erinnern; die absurden etymologischen Spiele eines Virgilius von Bigorre oder Isidor von Sevilla, die so ungemein joyceanisch anmuten (Joyce wußte das), die Zeitkompositionsübungen der Poetiktraktate, die ein Programm für Godard sein könnten, und vor allem die große Vorliebe für Kollektionen und Inventare. Die sich besonders handgreiflich in den Schatzkammern niederschlug, in denen der weltlichen Fürsten wie denen der Kathedralen, wo unterschiedslos gesammelt wurde: ein Dorn aus der Krone Jesu, ein Ei, das jemand in einem anderen Ei gefunden hatte, das Horn eines Einhorns, der Verlobungsring des hl. Joseph und der Schädel Johannes' des Täufers im Alter von zwölf Jahren *(sic)*.[16]

Es herrschte eine totale Indifferenz zwischen ästhetischem und mechanischem Objekt (ein kunstvoll ziselierter Automat in Form eines krähenden Hahns wurde Karl dem Großen von Harun al Raschid geschenkt – ein kinetisches Kleinod, wenn es je eines gab), man unterschied nicht zwischen »Kreation« und Kuriosität, nicht zwischen Handwerk und Kunst, nicht zwischen Serienprodukt und Einzelstück und vor allem nicht zwischen seltenem Fundstück (der Walfischzahn gleich der Jugendstillampe) und Kunstwerk. Zudem war das Ganze beherrscht vom Sinn für die grelle Farbe und für das Licht als physisches Element des Vergnügens – nur mußten es damals goldene Kelche sein, besetzt mit Topasen, damit die Strahlen der Sonne, wenn sie durch ein Kirchenfenster einfielen, sich darin brachen, und heute tut es die Lichtorgel einer x-beliebigen Glitzerdisco, die Multimedia-Show mit wechselnden, schummrig-bunten Polaroidprojektionen.

Huizinga meinte, um den mittelalterlichen Kunstgeschmack zu verstehen, müsse man sich die Reaktion eines »staunenden Bürgersmannes« vor einer seltenen Kostbarkeit vorstellen.[17] Huizinga dachte in Begriffen einer nachromantischen Sensibilität für das Kunstschöne, heute finden wir ganz dieselbe Reaktion bei Jugendlichen vor einem Poster, auf dem ein Dinosaurier oder ein Motorrad dargestellt ist, oder vor einem transistorisierten Magischen Kasten mit blinkenden Punkten und rotierenden Strahlen, halb technisches Miniaturmodell, halb futuristischer Science-fiction-Traum, mit Komponenten barbarischer Goldschmiedekunst.

Nicht systematische, sondern additive und zusammengebastelte Kunst ist die unsere wie die des Mittelalters, heute wie damals koexistiert das verfeinerte Experiment der Elite mit dem Großunternehmen der populären Divulgation (das Verhältnis Miniatur/Kathedrale ist das gleiche wie zwischen Museum of Modern Art und Hollywood) mit permanenten Wechselbeziehungen und gegenseitigen Anleihen. Und der scheinbare Byzantinismus, die wilde Lust am Sammeln, Auflisten, Anhäufen der verschiedensten Dinge entspringt dem Bedürfnis, die Überreste einer früheren Welt zu sichten und neuzubewerten – einer Welt, die vielleicht harmonisch war, aber nun zerfallen ist, erlebbar nur noch, um mit Sanguineti zu sprechen, wie eine *Palus Putredinis,* ein Sumpf der Fäulnis, den man durchquert und vergessen hat. Während Fellini und Antonioni ihre Höllen erproben und Pasolini sein Decamerone (und Ronconis *Orlando* ist durchaus kein Renaissancefest, sondern ein mittelalterliches Mysterienspiel auf der Straße und für das kleine Volk), bemühen sich andere verzweifelt, die alte Kultur zu retten, wähnend, sie hätten dazu ein intellektuelles Mandat, und so häufen sich die Enzyklopädien, Gesammelten Werke und elektronischen Informationsspeicher, um der Nachwelt einen Wissensschatz zu tradieren, der Gefahr läuft, sich in der Katastrophe aufzulösen.

Die Klöster

Nichts ist ähnlicher einem Kloster (abgelegen irgendwo auf dem Lande, ummauert, heimgesucht von barbarischen Horden, bewohnt von Mönchen, die mit der Welt nichts zu tun haben wollen und sich ausschließlich ihren privaten Forschungen widmen) als ein amerikanischer Universitäts-Campus. Bisweilen ruft der Fürst einen jener Mönche an seinen Hof, macht ihn zu seinem Berater und schickt ihn als Botschafter in das ferne Katai, und der also Berufene wechselt gleichmütig aus dem Kloster ins weltliche Leben, wird ein Machthaber und versucht, die Welt mit derselben aseptischen Perfektion zu regieren, mit der er zuvor seine griechischen Texte kollationierte. Er mag Gerbert von Aurillac oder Robert McNamara heißen, Bernhard von Clairvaux oder Henry Kissinger, er kann ein Mann des Friedens werden oder ein Kriegsmann (wie Eisenhower, der ein paar Schlachten gewann und sich dann wieder in sein Kloster zurückzog, um College-Direktor zu werden, bis er von neuem in die Dienste des Reiches trat, von den Massen als charismatischer Held gerufen).

Allerdings ist es zweifelhaft, ob diesen mönchischen Zentren die Aufgabe zukommen wird, den Fundus der vergangenen Kultur zu registrieren, aufzubewahren und weiterzugeben, womöglich mit Hilfe hochkomplizierter elektronischer Apparate (wie der Computerfachmann Vacca suggeriert), die das Vergangene Stück für Stück wiederherstellen, ohne je seine Geheimnisse ganz zu enthüllen. Das andere Mittelalter erzeugte am Ende zwar eine Renaissance, die sich damit amüsierte, Archäologie zu betreiben, aber selber betrieb es keineswegs systematische Konservierung, sondern achtlose Destruktion und planlose Konservierung: Es ließ essentielle Manuskripte verlorengehen und rettete völlig irrelevante, es schabte wunderbare Gedichte ab, um platte Rätsel und Gebete darüber zu schreiben, es verfälschte die heiligen Texte, indem es Passagen einfügte, und auf diese Art schrieb es »seine« Bücher. Das Mittelalter erfand die kommunale Gesellschaft, ohne Kenntnis von der griechischen Polis zu haben, es gelangte nach China in der Erwartung, dort Menschen mit nur einem Fuß vorzufinden oder mit dem Mund am Bauch, es gelangte vielleicht nach Amerika vor Columbus, indem es sich an die ptolemäische Astronomie und an die Geographie des Eratosthenes hielt ...

Die permanente Transition

Unser Neues Mittelalter wird eine Epoche der »permanenten Transition« sein, die neue Adaptionsmethoden verlangt. Das Problem wird nicht so sehr darin liegen, die Vergangenheit wissenschaftlich zu konservieren, sondern Hypothesen über die Nutzung des Chaos aufzustellen, indem man sich auf die Logik der Konfliktualität einläßt. Es wird, wie in Ansätzen schon zu sehen ist, eine Kultur der laufenden Neuanpassung entstehen, die sich an Utopien nährt. So und nicht anders hatte der mittelalterliche Mensch die Universität erfunden, mit der gleichen Vorurteilslosigkeit, mit der die fahrenden Kleriker unserer Tage sie nun zerstören (und vielleicht transformieren). Das Mittelalter hat die Erbschaft der Vergangenheit auf seine Weise gehütet: nicht indem es sie wie einen Schatz vergrub, sondern indem es sie laufend neuübersetzte, benutzte und adaptierte, in einer immensen Bastelarbeit auf der Kippe zwischen Hoffnung, Nostalgie und Verzweiflung.

Unter seinem so immobil und dogmatisch erscheinenden Äußeren hatte es paradoxerweise ein Moment von »Kulturrevolution«. Natürlich war der ganze Prozeß geprägt von Pestwellen und Massakern, Intoleranz und Tod. Niemand behauptet, die Aussicht auf ein Neues Mittelalter sei rundum erfreulich. Wie die Chinesen sagten, um jemanden zu verfluchen: »Möge es dir beschieden sein, in einer interessanten Epoche zu leben.«

(1972)

Laudatio auf Thomas von Aquin

Das Schlimmste, was ihm in seiner Karriere passierte, geschah nicht am 7. März 1274, als er mit kaum neunundvierzig Jahren im Kloster Fossanova starb und die Mönche seinen mächtigen Körper nicht die enge Treppe hinunterbekamen. Es passierte ihm auch nicht drei Jahre nach dem Tod, als der Erzbischof von Paris, Etienne Tempier, eine Liste häretischer Lehren ausgab, die insgesamt 219 Sätze enthielt, darunter – neben den meisten Thesen der Averroisten und ein paar Bemerkungen, die Andreas Capellanus hundert Jahre zuvor über die irdische Liebe gemacht hatte – auch zwanzig Sätze von ihm, dem Doctor angelicus Thomas aus dem Grafengeschlecht derer von Aquino. Denn diesen repressiven Akt hat die Geschichte rasch korrigiert und Thomas gewann die Schlacht noch als Toter, während Tempier zusammen mit Guillaume de Saint-Amour, seinem anderen Erzfeind, in die leider endlose Reihe der großen Restauratoren einging, die von den Richtern des Sokrates über die Richter Galileis bis einstweilen (1985) zu Kardinal Ratzinger reicht. Das Schlimmste, was Thomas von Aquin passierte, geschah anno 1323, zwei Jahre nach Dantes Tod und vielleicht nicht ganz ohne dessen Mitschuld – nämlich, als er von

Papst Johannes XXII. heiliggesprochen wurde. Dergleichen sind üble Schicksalsschläge, die einem das ganze Lebenswerk ruinieren können, wie wenn man den Nobelpreis erhält oder in die Académie française berufen wird oder den Oscar bekommt. Man wird wie die Mona Lisa: ein Klischee. Es ist der Moment, da ein großer Brandstifter zum Feuerwehrhauptmann ernannt wird.

In diesem Jahr begehen wir nun seinen siebenhundertsten Todestag. Thomas kommt wieder in Mode, als Heiliger wie als Philosoph, und viele fragen sich, was er heute wohl täte, in unserer Zeit, aber noch mit dem Glauben, der geistigen Aufgeschlossenheit und der Energie, die er zu seiner Zeit hatte. Doch Liebe trübt bisweilen den Blick, und so sagen nun manche, um Thomas für groß zu erklären, er sei ein Revolutionär gewesen. Es stellt sich also die Frage, in welchem Sinne er einer war. Denn wenn man auch sicher nicht sagen kann, er sei ein Restaurator gewesen, hat er doch immerhin ein so grundsolides Gebäude errichtet, daß bislang kein anderer Revolutionär in der Lage war, es von innen heraus zu erschüttern, und das Höchste, was man tun konnte, war, von Descartes über Hegel und Marx bis Teilhard de Chardin, »von außen« darüber zu sprechen.

Die Frage stellt sich um so mehr, als man nicht versteht, wie der Skandal von einem so unromantischen Individuum kommen konnte, einem so korpulenten und trägen Typ, der in der Klosterschule immer nur dasaß und sich schweigend Notizen machte, mit einer Miene, als ob er nichts kapierte, und den seine Mitschüler ständig aufzogen. Wie einmal im Refektorium, während er friedlich beim Essen saß auf seinem Platz für zwei (man hatte extra eine Armlehne absägen müssen, um auf der Sitzbank eine genügend breite Nische für ihn zu schaffen), und plötzlich rufen die lustigen Brüder, draußen fliege ein Esel vorbei, und er läuft hin, um zu gucken, während die Witzbolde sich kaputtlachen (man weiß ja, die Bettelmönche sind schlichten Gemütes). Aber dann sagt er seelenruhig, es sei ihm wahrscheinlicher vorgekommen, daß ein Esel fliegen könne, als daß ein Mönch lüge, und alle schauen betreten drein.

Und dann wird dieser »stumme Ochse«, wie ihn die Mitschüler nannten, ein berühmter und von seinen Anhängern hochverehrter Professor, und eines Tages geht er mit seinen Studenten in die Hügel spazieren und schaut auf Paris hinunter, und sie fragen ihn, ob er gern der Herr einer so großen und schönen Stadt wäre, und er antwortet, daß er viel lieber den Text der Homilien des Sankt Chrysostomos hätte. Doch wenn ihm ein ideologischer Gegner zu sehr auf die Füße tritt, kann er zur Furie werden und in seinem Latein, das scheinbar so wenig besagt, weil man alles versteht und die Verben immer genau da sind, wo sie ein Italiener erwartet, in wüste Beschimpfungen und Sarkasmen ausbrechen, daß es klingt, als geißelte Marx den Herrn Szeliga.

War er ein Friedensbringer, war er ein Engel? War er geschlechtslos? Als seine leiblichen Brüder ihn daran hindern wollten, zu den Dominikanern zu gehen (denn damals ging man als jüngster Sohn aus guter Familie zu den Benediktinern, die waren standesgemäß; zu den Bettelbrüdern gehen war ungefähr so, wie wenn man heute in eine Maoistenkommune geht oder nach Sizilien, um mit Danilo Dolci zu arbeiten), fingen sie ihn auf dem Weg nach Paris ab und schlossen ihn auf der Familienburg ein; und um ihn von seinen Grillen abzubringen und zu lehren, ein richtiger Abt zu werden, wie sich's gehörte, schickten sie ihm ein nacktes Mädchen in seine Zelle. Aber Thomas griff sich ein brennendes Holzscheit und verfolgte die Schöne in der klaren Absicht, ihr das Hinterteil zu versengen. Also von Sex wirklich keine Spur? Ich weiß nicht, immerhin brachte die Sache ihn so durcheinander, daß er von da an – und das erzählt ein gewisser Bernardus Guidonis – »Gespräche mit Frauen tunlichst vermied, als wären sie Schlangen«.

Auf jeden Fall war dieser Mann ein Kämpfer. Kühn und klarsichtig faßte er einen Plan, führte ihn zielstrebig durch und gewann. Sehen wir uns einmal an, auf welchem Schlachtfeld er kämpfte, worum es ging und was er erreichte. Als Thomas anno 1225 geboren wird, ist es fünfzig Jahre her, daß die lombardischen Städte die Schlacht von Legnano gegen das Reich gewannen. Seit zehn Jahren hat England die Magna Charta. In Frankreich ist gerade die Herrschaft Philipp Augusts zu Ende gegangen. Das Reich liegt in Agonie. Fünf Jahre später gründen die See- und Handelsstädte des Nordens die Hanse. Die florentinische Wirtschaft floriert, bald wird der Goldflorin ausgegeben, Fibonacci hat die doppelte Buchführung schon erfunden. Seit einem Jahrhundert blühen die Medizinschule von Salerno und die Rechtsschule von Bologna. Die Kreuzzüge sind in fortgeschrittenem Stadium. Mit anderen Worten, die Kontakte zum Orient sind in voller Entwicklung. Andererseits faszinieren die Araber in Spanien die christliche Welt mit ihren Entdeckungen in Naturwissenschaft und Philosophie. Die Technik erlebt einen mächtigen Aufschwung, verändert hat sich die Art und Weise, wie man die Pferde beschlägt, die Mühlen betreibt, die Schiffe steuert, die Zugtiere vor die Karren und Pflüge spannt. Nationalmonarchien im Norden und freie Stadtrepubliken im Süden. Kurzum, dies ist nicht mehr Mittelalter, jedenfalls nicht, wie man es gemeinhin versteht. Zugespitzt könnte man sagen: Wenn nicht eben noch das wäre, was Thomas zusammenzubrauen sich anschickt, wäre es schon Renaissance. Doch um

Renaissance zu werden, braucht es genau noch das, was Thomas zusammenzubrauen sich anschickt.

Europa ist im Begriff, sich eine Kultur zu geben, die seine politische und ökonomische Vielfalt spiegelt, zwar noch unter dem paternalistischen Regiment der Kirche, das niemand in Frage stellt, aber offen für ein neues Bewußtsein von der Natur, der konkreten Wirklichkeit und der menschlichen Individualität. Die Organisations- und Produktionsprozesse rationalisieren sich, man braucht Techniken der Vernunft.

Als Thomas geboren wird, praktiziert man die Techniken der Vernunft schon seit einem Jahrhundert. In Paris, an der Fakultät der *artes liberales,* werden noch Musik, Arithmetik, Geometrie und Astronomie gelehrt, aber auch Dialektik, Logik und Rhetorik, und das mit einer neuen Methode. Abaelard hatte sie vor hundert Jahren durchgesetzt (er hatte zwar seinen äußeren Reproduktionsapparat drangeben müssen, aber aus privaten Gründen, und sein Kopf war dadurch nicht schwächer geworden): Man prüft und vergleicht die Meinungen der diversen überlieferten Autoritäten und entscheidet nach logischen Prozeduren auf Basis einer weltlichen Grammatik der Ideen. Man betreibt Sprachwissenschaft und Semantik, man fragt sich, was ein gegebenes Wort bedeutet und wie es gebraucht wird. Leitfäden sind die Texte der aristotelischen Logik, aber noch längst nicht alle sind übersetzt und interpretiert und niemand kann griechisch außer den Arabern, die den Europäern sowohl in Philosophie als auch in Naturwissenschaft weit voraus sind. Doch schon seit einem Jahrhundert bastelt die Schule von Chartres, indem sie die mathematischen Texte von Platon wiederentdeckt, an einem Bild der natürlichen Welt, regiert von Gesetzen der Geometrie, von meßbaren Prozessen. Es ist noch nicht die experimentelle Methode Roger Bacons, aber es ist eine theoretische Konstruktion, ein Versuch, das Universum auf der Basis natürlicher Vorgänge zu erklären, auch wenn die Natur als göttliches Agens gesehen wird. In Oxford entwickelt Robert Grosseteste eine Metaphysik der Lichtenergie, die ein wenig an Bergson und ein wenig an Einstein denken läßt: Man beginnt, optische Studien zu treiben, mit anderen Worten, man stellt sich das Problem der Wahrnehmung physischer Gegenstände, man zieht eine Grenzlinie zwischen halluziniertem und wirklichem Sehen.

Das ist nicht wenig, denn das Universum des Hochmittelalters war ein Universum der Halluzination, die Welt war ein symbolischer Wald voll mysteriöser Präsenzen, die Dinge erschienen als Emanationen einer Gottheit, die den Menschen unentwegt Rätsel aufgibt. Nicht daß nun dieses Halluzinationsuniversum zur Zeit von Thomas schon unter den Schlägen des Vernunftuniversums zusammengebrochen wäre; im Gegenteil, letzteres ist ein Produkt der intellektuellen Eliten und wird beargwöhnt. Denn, um die volle Wahrheit zu sagen, beargwöhnt wird noch immer die Welt der irdischen Dinge. Franziskus predigte zu den Vögeln, aber der philosophische Ansatz der Theologie ist neoplatonisch. Und das bedeutet: Weit, weit in der Ferne ist Gott, in dessen unerreichbarer Globalität sich die Prinzipien der Dinge bewegen: die Ideen. Das Universum ist das Ergebnis einer gütigen Unachtsamkeit dieses überaus fernen Einen, der gleichsam überströmend in seiner Überfülle ein wenig sabbert und in den speicheldurchtränkten Krumen der Materie, die er ausscheidet, Spuren seiner Vollkommenheit hinterläßt, wie Zuckerspuren im Urin. In dieser Ausscheidung, die den nichtigsten äußeren Rand der Aura des Einen darstellt, können wir ab und zu, und fast immer nur durch geniales Rätselraten, Spuren von Keimen der Verständlichkeit finden, doch die Verständlichkeit selbst ist woanders, und im günstigsten Fall erreicht sie der Mystiker durch nervöse und asketische Intuition, wenn er mit gleichsam drogenbeflügeltem Blick in das Junggesellenapartment des Einen schaut, wo die einzige wahre Fete abläuft.

Platon und Augustinus hatten alles gesagt, was nötig war, um die Probleme der Seele zu verstehen, aber sobald man herausfinden wollte, was eine

Blume ist oder das Knäuel von Eingeweiden, das die Mediziner von Salerno im Bauch eines Kranken erforschten, und warum es gut tut, an einem Frühlingsabend an die frische Luft zu gehen, wurden die Dinge unklar. So unklar, daß es besser war, die Blumen in den Miniaturen der Visionäre zu kennen, die Existenz von Eingeweiden zu ignorieren und die Frühlingsabende als eine gefährliche Versuchung anzusehen. So war die europäische Kultur geteilt, man mochte den Himmel begreifen, die Erde begriff man nicht. Und wenn doch einmal jemand anfing, die Erde begreifen zu wollen, ohne sich für den Himmel zu interessieren, waren es üble Geschichten. Draußen zogen die Roten Brigaden der Epoche umher: häretische Sekten, die auf der einen Seite die Welt erneuern, unmögliche Republiken errichten wollten, auf der anderen Sodomie, Räuberei und andere Ruchlosigkeiten begingen. Ob's stimmt oder nicht, wird sich zeigen, besser erst mal alle umbringen.

Dies war die Lage, als die Männer der Vernunft von den Arabern lernten, daß es einen antiken Meister gab (einen Griechen), der einen Schlüssel liefern könnte, um diese *membra disjecta* einer Kultur zusammenzufügen: Aristoteles. Aristoteles wußte von Gott zu sprechen, aber er klassifizierte die Tiere und Steine und befaßte sich mit dem Lauf der Gestirne. Aristoteles kannte sich in der Logik aus, er beschäftigte sich mit Psychologie, er sprach von Physik und klassifizierte die politischen Ordnungen. Doch vor allem bot er den Schlüssel (und Thomas wird sich ihn bestens zunutze machen), um das Verhältnis zwischen dem Wesen der Dinge (das heißt jenem Bißchen, was man von den Dingen begreifen und sagen kann, auch wenn man sie nicht unmittelbar vor Augen hat) und dem Stoff, aus dem sie gemacht sind, umzuwälzen. Lassen wir Gott auf sich beruhen, er führt sein eigenes Leben und hat der Welt exzellente Naturgesetze gegeben, damit sie allein weitermachen kann. Und verlieren wir uns auch nicht in der Suche nach der Spur der Essenzen in ihrem mystischen Niederströmen, in dessen Verlauf sie, unterwegs ihr Bestes verlierend, sich mit Materie besudeln. Der Mechanismus der Dinge ist hier, vor unseren Augen, die Dinge sind das Prinzip ihrer Bewegung. Ein Mensch, eine Blume, ein Stein sind Organismen, die nach einem inneren Gesetz, das sie bewegt, zu dem herangewachsen sind, was sie sind: Das Wesen ist das Prinzip ihres Wachstums und ihrer Organisation. Es ist ein Etwas, das in ihnen steckt, bereit, aus ihnen hervorzubrechen, das die Materie von innen bewegt, sie wachsen und ans Licht treten läßt. Deshalb können wir es verstehen. Ein Stein ist ein Stück Materie, das Form angenommen hat, und zugleich ist aus dieser Hochzeit von Stoff und Form eine individuelle Substanz geboren. Das Geheimnis des Seins, wird Thomas hier mit einem

Geistesblitz kommentieren, liegt im konkreten Akt des Existierens. Das Existieren, das Sichereignen sind keine Unfälle, die den Ideen zustoßen, die besser im warmen Uterus der fernen Gottheit geblieben wären. Zuerst existieren die Dinge konkret, dem Himmel sei Dank, und *dann* begreifen wir sie.

Natürlich sind hier zwei Punkte zu präzisieren. Erstens hieß die Dinge begreifen nach der aristotelischen Tradition noch nicht, sie experimentell zu studieren. Es genügte zu begreifen, daß die Dinge *zählen,* den Rest besorgte die Theorie. Kleinigkeit, wenn man so will, aber schon ein recht großer Sprung im Vergleich zum halluzinierten Universum der vorausgegangenen Jahrhunderte. Und zweitens mußte man, wenn man Aristoteles christianisieren wollte, etwas mehr Platz für Gott einräumen, der ein bißchen zu sehr im Abseits gestanden hatte. Die Dinge wachsen zwar durch die innere Kraft des Lebensprinzips, das sie bewegt, aber man wird zugeben müssen, daß Gott, wenn er sich diese ganze große Bewegung zu Herzen nimmt, auch fähig ist, den einzelnen Stein zu denken, während der Stein auf eigene Faust heranwächst, und wenn Gott beschlösse, den elektrischen Strom abzuschalten (den Thomas »Teilnahme«, *participatio* nennt), käme es zu einem kosmischen Blackout. Infolgedessen liegt zwar das Wesen des Steins im Stein und ist darum faßbar für unseren Geist, der fähig ist, es zu denken, doch es existierte schon vorher im Geiste Gottes, der voller Liebe ist und seine Zeit nicht damit verbringt, sich die Nägel zu feilen, sondern das Universum mit Energie zu versorgen. – Dies war das Spiel, das es zu spielen galt, sonst wäre Aristoteles nicht in die christliche Kultur eingegangen, und wenn Aristoteles draußen geblieben wäre, wären die Natur und die Vernunft draußen geblieben.

Es war ein schwieriges Spiel, denn die Aristoteliker, die Thomas vorfand, als er mit seiner Arbeit begann, hatten einen anderen Weg eingeschlagen, der uns womöglich besser gefällt und den ein Interpret, dem der Sinn nach historischen Kurzschlüssen steht, sogar materialistisch nennen könnte. Allerdings war es ein recht undialektischer Materialismus, eher ein astrologischer, und er störte so gut wie alle, die Hüter des Korans ebenso wie die Hüter des Evangeliums. Der Verantwortliche war ein Jahrhundert zuvor Averroës gewesen, ein sehr vielseitiger Gelehrter: Theologe, Jurist, Mediziner und Philosoph, von Erziehung Moslem, von Herkunft Berber, von Nationalität Spanier und der Sprache nach Araber. Averroës kannte Aristoteles besser als alle und hatte begriffen, wohin die aristotelische Wissenschaft führte: Gott ist kein Intrigant, der sich überall einmischt, er hat die Natur erschaffen in ihrer mechanischen Ordnung und ihren mathematischen Gesetzen, reguliert durch die eherne Determination der Gestirne; und da Gott ewig ist, ist auch die Welt in ihrer Ordnung ewig. Die Philosophie studiert diese Ordnung, das heißt die Natur. Die Menschen sind in der Lage, sie zu verstehen, da in allen ein und dasselbe Verstandesprinzip herrscht, andernfalls würde ein jeder die Dinge auf seine Art sehen und man würde einander nicht mehr verstehen. Nach diesen Prämissen war nun die materialistische Konklusion unvermeidbar: Die Welt ist ewig, sie wird von einem voraussehbaren Determinismus geregelt, und wenn ein einziger Intellekt in allen Menschen wohnt, gibt es keine individuelle unsterbliche Seele. Wenn der Koran etwas anderes lehrt, muß der Philosoph philosophisch glauben, was seine Wissenschaft ihm beweist, und dann, ohne sich allzu viele Probleme zu stellen, gläubig glauben, was die geoffenbarte Wahrheit ihm auferlegt. Es gibt zwei Wahrheiten, und die eine darf die andere nicht stören.

Averroës hat zu luziden Schlußfolgerungen geführt, was in einem rigorosen Aristotelismus angelegt war, und dieser Luzidität verdankte er seinen Erfolg in Paris, bei den Magistern der Fakultät der freien Künste, besonders bei jenem Siger von Brabant, den Dante ins Paradies neben Thomas setzt, obwohl es gerade Thomas war, dem Siger den Zusammenbruch seiner wissenschaftlichen Karriere und die Verbannung in die Nebenkapitel der Philosophiegeschichten verdankt.

Das kulturpolitische Spiel, das Thomas in Angriff nimmt, ist also ein Zweifrontenkampf: Einerseits muß er Aristoteles für die zeitgenössische Theologie akzeptabel machen, andererseits muß er ihn von der Einvernahme durch die Averroisten befreien. Dabei stößt er jedoch auf ein Handicap: Er gehört zu den Bettelorden, die das Pech hatten, einen Joachim von Fiore hervorzubringen und mit ihm eine weitere Bande von apokalyptischen Ketzern, die brandgefährlich sind für den Orden, für die Kirche und für den Staat. Infolgedessen haben die reaktionären Magister der theologischen Fakultät, allen voran der schreckliche Guillaume de Saint-Amour, leichtes Spiel mit ihrer Behauptung, die Bettelbrüder seien allesamt joachimitische Ketzer, was man schon daran sehen könne, daß sie Aristoteles lehren wollten, den Meister der gottlosen materialistischen Averroisten. Man kennt die Methode, das gleiche Spiel treibt heute ein Gabrio Lombardi: Wer für die Scheidung ist, ist ein Freund der Abtreibungsfreunde, und folglich ist er auch für die Droge!

Thomas indessen war weder ein Ketzer noch ein Revolutionär. Man hat ihn einen »Schlichter« genannt. Für ihn ging es darum, die neue Wissenschaft in Übereinstimmung mit der Wissenschaft von der Offenbarung zu bringen und alles zu ändern, damit alles so blieb, wie es war.

Doch in diesen Plan investierte er einen außergewöhnlichen *sensus communis* oder *common sense* sowie (als Meister theologischer Subtilitäten) einen starken Sinn für die natürliche Wirklichkeit und das irdische Gleichgewicht. Stellen wir klar, daß er nicht das Christentum aristotelisierte, sondern Aristoteles christianisierte. Stellen wir klar, daß er niemals gedacht hat, mit der Vernunft sei alles erklärbar, sondern mit dem Glauben sei alles verständlich. Er hatte nur sagen wollen, daß *fides* und *ratio* kein Widerspruch seien und daß man sich daher den Luxus eines vernünftigen Denkens leisten könne, um derart das Universum der Halluzination zu verlassen. Und so versteht man, warum in der Architektur seiner Werke die ersten Kapitel allein von Gott und den Engeln, der Seele, den Tugenden und dem ewigen Leben handeln. Doch innerhalb dieser Kapitel findet dann alles seinen mehr noch *vernünftigen* als rationalen Platz. Im Innern der theologischen Architektur versteht man, wieso der Mensch die Dinge erkennt: weil sein Körper in einer bestimmten Weise gemacht ist; weil er, um sich zu entscheiden, die Fakten und Meinungen prüfen und die Widersprüche auflösen muß, ohne sie zu verschleiern, vielmehr im Versuch, sie in aller Offenheit zu versöhnen. Womit Thomas der Kirche eine Lehre wiedergibt, die, ohne ihr auch nur ein Gran ihrer Macht zu nehmen, den Gemeinwesen die Freiheit läßt zu entscheiden, ob sie Monarchien oder Republiken sein wollen, und die beispielsweise zwischen den verschiedenen Typen und Rechten des Eigentums unterscheidet und zum Ergebnis gelangt, daß es zwar ein Recht auf Eigentum gibt, aber nur in Hinblick auf den Besitz, nicht auf den Gebrauch. Mit anderen Worten, ich habe das Recht, ein Mietshaus in bester Gegend zu besitzen, aber wenn es Leute gibt, die in Baracken hausen, verlangt die Vernunft, daß ich denen, die keines haben, den Gebrauch meines Hauses gestatte (ich bleibe der Hauseigentümer, aber die anderen dürfen mein Haus bewohnen, auch wenn es meinem Egoismus nicht paßt). Und so weiter. Lauter Lösungen, die auf dem Gleichgewicht beruhen und auf jener Tugend, die Thomas »Klugheit« nannte, *prudentia*, deren Aufgabe darin besteht, »die Erinnerung an die erworbenen Erfahrungen zu bewahren, den genauen Sinn für die Ziele zu pflegen, den wachen Blick für die Gelegenheiten, die rationale und schrittweise Untersuchung, die Voraussicht der künftigen Möglichkeiten, die Umsicht für den rechten Augenblick, die Vorsicht vor Verwicklungen und die Erkenntnis der außerordentlichen Bedingungen«.[18]

Thomas erreichte sein Ziel, denn dieser Mystiker, der es nicht erwarten konnte, sich in der seligmachenden Anschauung Gottes zu verlieren, nach welcher die menschliche Seele *»per naturam«* strebe, war auch als Mensch sehr aufmerksam für die natürlichen Werte und hatte großen Respekt für den rationalen Diskurs.

Vergessen wir nicht, daß vor ihm die Kommentatoren oder Kopisten, wenn sie den Text eines antiken Autors studierten und darin etwas fanden, was nicht mit der geoffenbarten Religion übereinstimmte, entweder die »irrigen« Sätze strichen oder sie als zweifelhaft kennzeichneten, um den Leser zu warnen, oder sie in die Randnotizen verbannten. Was macht dagegen Thomas? Er reiht die divergierenden Meinungen aneinander, klärt den Sinn einer jeden, stellt alles in Frage, auch die geoffenbarte Wahrheit, zählt die möglichen Einwände auf und versucht schließlich eine Vermittlung. All das in voller Öffentlichkeit, genauso öffentlich, wie zu seiner Zeit auch die *Disputatio* sein mußte, denn nur so funktioniert das Tribunal der Vernunft.

Daß dann bei genauer Lektüre sich zeigt, daß in jedem Falle die Glaubenswahrheit über alle anderen Wahrheiten siegt und die Klärung der Frage leitet, daß also Gott und die geoffenbarte Wahrheit der weltlichen Vernunft vorausgehen und sie lenken, das haben die scharfsinnigsten und hingebungsvollsten thomistischen Forscher klar herausgestellt, zum Beispiel Etienne Gilson. Keiner hat je behauptet, Thomas sei Galilei gewesen. Thomas bot einfach der Kirche ein Lehrgebäude, das sie mit der natürlichen Welt in Einklang brachte. Und er siegte in fulminanten Etappen. Die Daten sprechen für sich. Vor ihm behauptete man, »der Geist Christi regiert nicht, wo der Geist des Aristoteles lebt«, noch 1210 sind die naturphilosophischen Schriften des griechischen Denkers verboten, und die Verbote gelten weiter in den Jahrzehnten, als Thomas diese Schriften von seinen Mitarbeitern übersetzen läßt und kommentiert. Aber 1255 ist der ganze Aristoteles akzeptiert. Nach Thomas' Tod versucht man zwar, wie wir sahen, noch einen letzten Ansatz zur Reaktion, aber schließlich richtet sich die katholische Lehre nach den aristotelischen Positionen aus. Die geistige Vorherrschaft und Autorität eines Benedetto Croce über die italienische Kultur eines halben Jahrhunderts ist nichts im Vergleich zu der Autorität, die Thomas bezeugt, indem er in vier Jahrzehnten die ganze Kulturpolitik der christlichen Welt verändert. Seitdem ist sie thomistisch. Mit anderen Worten, Thomas hat dem katholischen Denken ein so komplettes Raster geliefert, in dem alles seinen Platz und seine Erklärung findet, daß dieses Denken von da an nichts mehr verrücken kann. Höchstens kann es noch, mit der gegenreformatorischen Scholastik, Thomas wiederbeleben, uns einen jesuitischen Thomismus präsentieren, einen dominikanischen Thomismus und sogar einen franziskanischen, in dem sich die Schatten von Bonaventura, Duns Scotus und Ockham regen. Aber an Thomas kann niemand mehr rühren. Was bei Thomas der konstruktive Drang nach einem neuen System war, ist in der thomistischen Tradition zur konservativen Bewachung eines unantastbaren Systems geworden. Wo Thomas alles hochgehen ließ, um Neues zu schaffen, scheut sich der etablierte Thomismus, auch nur die geringste Kleinigkeit zu berühren, und vollbringt wahre Wunder an pseudothomasischen Equilibrismen, um das Neue ins Raster des traditionellen Systems zu pressen. Das hochgespannte und ruhelose Erkenntnisstreben, das der dicke Thomas in höchstem Grade besaß, hat sich daher in die Ketzerbewegungen und in die protestantische Reformation verlagert. Von Thomas ist nur das Raster geblieben, nicht die intellektuelle Anstrengung, die es gekostet hat, ein Raster zu schaffen, das seinerzeit wirklich »anders« war.

Natürlich lag die Schuld auch bei ihm: *Er* bot der Kirche eine Methode zur Versöhnung der Gegensätze und zur konfliktlosen Einverleibung all dessen, was nicht zu vermeiden ist. *Er* hat gelehrt, die Widersprüche zu erkennen, um sie alsdann harmonisch zu vermitteln. Nachdem man sich einmal daran gewöhnt hatte, glaubte man, Thomas habe gelehrt, wann immer ein Gegensatz zwischen Ja und Nein auftritt, ein Jein zu ersinnen. Er mag es getan haben, nur tat er es in einem Moment der Geschichte, als »jein« zu sagen nicht auf der Stelle zu treten hieß, sondern einen Schritt vorwärts zu tun und die Karten neu zu mischen.

Darum ist es gewiß erlaubt, sich zu fragen, was Thomas von Aquin tun würde, wenn er heute lebte. Aber nach alledem wird man antworten müssen: Auf keinen Fall würde er eine neue Summa Theologica schreiben. Er würde sich mit dem Marxismus und mit der Relativitätstheorie auseinandersetzen, mit der formalen Logik, dem Existentialismus und der Phänomenologie. Er würde nicht Aristoteles kommentieren, sondern Marx und Freud. Dann würde er seine Argumentationsmethode ändern, sie weniger harmonisch und konziliant machen. Und schließlich würde ihm klar werden, daß er kein definitives System, kein abgeschlossenes Gebäude errichten kann und darf, sondern nur ein mobiles System, eine Summa aus losen Blättern, denn in seine Enzyklopädie der Wissenschaft wäre der Begriff der historischen Vorläufigkeit eingegangen. Ich weiß nicht, ob er noch gläubig wäre. Aber nehmen wir es als gegeben. Sicher würde er aber an seinen Jubelfeiern nur teilnehmen, um daran zu erinnern, daß es nicht darum geht, wie man heute noch anwendet, was er damals gedacht hat, sondern anders zu denken. Oder höchstens von ihm zu lernen, wie man es anstellt, sauber zu denken, als Mensch in seiner Zeit. Und dann möchte ich nicht in seiner Haut stecken.

(1974)

Die Bibliothek

Beginnen wir, angesichts der Ehrwürdigkeit unseres Gegenstandes, mit einer Lesung aus der Schrift; nicht zu Informationszwecken, denn wenn man aus einem heiligen Buch liest, wissen schon alle, was es besagt, sondern in liturgischer Absicht, zur rechten Einstimmung des Geistes. Also:

»Das Universum (das andere die Bibliothek nennen) setzt sich aus einer unbegrenzten und vielleicht unendlichen Zahl sechseckiger Galerien zusammen, mit weiten Entlüftungsschächten in der Mitte, die mit sehr niedrigen Geländern eingefaßt sind. Von jedem Sechseck aus kann man die unteren und oberen Stockwerke sehen: ohne ein Ende. Die Anordnung der Galerien ist unwandelbar dieselbe. Zwanzig Bücherregale, fünf breite Regale auf jeder Seite, verdecken alle Seiten außer zweien: ihre Höhe, die sich mit der Höhe des Stockwerks deckt, übertrifft nur wenig die Größe eines normalen Bibliothekars. Eine der freien Wände öffnet sich auf einen schmalen Gang, der in eine andere Galerie, genau wie die erste, genau wie alle, einmündet. Links und rechts am Gang befinden sich zwei winzigkleine Kabinette. In dem einen kann man im Stehen schlafen, in dem anderen seine Notdurft verrichten. Hier führt die Wendeltreppe vorbei, die sich abgrundtief senkt und sich weit empor erhebt. In dem Gang ist ein Spiegel, der den Schein getreulich verdoppelt. (...) Auf jede Wand jeden Sechsecks kommen fünf Regale; jedes Regal faßt zweiunddreißig Bücher gleichen Formats; jedes Buch besteht aus vierhundertzehn Seiten, jede Seite aus vierzig Zeilen, jede Zeile aus etwa achtzig Buchstaben von schwarzer Farbe. Buchstaben finden sich auch auf dem Rücken jeden Buches; doch bezeichnen diese Buchstaben nicht, deuten auch nicht im voraus an, was die Seiten sagen werden. Ich weiß, daß dieser fehlende Zusammenhang zuweilen mysteriös angemutet hat.

Vor fünfhundert Jahren stieß der Chef eines höheren Sechsecks auf ein Buch, das so verworren war wie die anderen, das jedoch fast zwei Bogen gleichartiger Zeilen aufwies. Er zeigte seinen Fund einem wandernden Entzifferer, der ihm sagte, sie seien in Portugiesisch abgefaßt; andere sagten dagegen, in Jiddisch. Vor Ablauf eines Jahrhunderts konnte die Sprachform bestimmt werden: es handelte sich um eine samojedisch-litauische Dialektform des Guaraní mit einem Einschlag von klassischem Arabisch. Auch der Inhalt wurde entschlüsselt: es waren Begriffe der kombinatorischen Analysis, dargestellt an Beispielen sich unbegrenzt wiederholender Variationen. Diese Beispiele versetzten einen genialen Bibliothekar in die Lage, das Grundgesetz der Bibliothek zu entdecken. (...)

Die Ruchlosen behaupten, daß in der Bibliothek die Sinnlosigkeit normal ist, und daß das Vernunftgemäße (ja selbst das schlecht und recht Zusammenhängende) eine fast wundersame Ausnahme bildet. Sie sprechen (ich weiß es) von der ›fiebernden Bibliothek, deren Zufallsbände ständig in Gefahr schweben, sich in andere zu verwandeln, und die alles behaupten, leugnen und durcheinanderwerfen wie eine delirierende Gottheit‹. Diese Worte, die nicht nur die Unordnung denunzieren, sondern sie mit einem Beispiel belegen, liefern einen offenkundigen Beweis des verwerflichen Geschmacks der Urheber und ihrer verzweifelten Unwissenheit. In der Tat birgt die Bibliothek alle Wortstrukturen, alle im Rahmen der fünfundzwanzig Schriftzeichen möglichen Variationen, aber nicht *einen* absoluten Unsinn. (...)

Sprechen heißt: in Tautologien verfallen. Diese überflüssige und wortreiche Epistel existiert bereits in einem der dreißig Bände der fünf Regale eines der unzähligen Sechsecke – und auch ihre Widerlegung. (Eine Zahl *n* möglicher Sprachen verwendet den gleichen Wortschatz; in einigen erlaubt das Symbol *Bibliothek* die korrekte Definition *überall vorhandenes und fortdauerndes System sechseckiger Galerien*, aber *Bibliothek* ist *Brot* oder *Pyramide* oder irgend etwas anderes, und die sieben Wörter, die sie definieren, haben einen anderen Bedeutungswert. Bist du sicher, Leser, daß du meine Sprache verstehst?«

Amen.

Der Abschnitt stammt, wie jeder weiß, von Jorge Luis Borges, aus seiner Erzählung ›Die Bibliothek von Babel‹[19], und ich frage mich, ob nicht mancher von unsern Lesern, Bibliotheksbenutzern, Bibliothekaren beim Wiederlesen und Wiederbedenken dieser Seiten an eigene Erfahrungen denken muß, Erfahrungen in seiner Jugend oder in späteren Jahren mit langen Korridoren und langgezogenen Sälen. Mit anderen Worten, es stellt sich die Frage, ob die nach dem Bild und Modell des Universums gestaltete Bibliothek von Babel nicht auch nach dem Bild und Modell vieler möglicher Bibliotheken gestaltet ist. Und ich frage mich, ob es möglich ist, über die Gegenwart oder die Zukunft der existierenden Bibliotheken zu sprechen, indem man reine Phantasiemodelle ersinnt. Ich glaube ja.

Eine Übung zum Beispiel, die ich verschiedentlich gemacht habe, um die Funktionsweise eines Codes zu erklären, betraf zunächst einen sehr elementaren vierstelligen Code zur Lokalisierung von Büchern in einer Bibliothek, in dem die erste Stelle den Saal bezeichnet, die zweite die Wand, die dritte das Regal an der Wand und die vierte den Ort des Buches im Regal, so daß eine Signatur wie 3-4-8-6 bedeutet: dritter Saal vom Eingang, vierte

Wand links, achtes Regal, sechster Platz. Dann aber merkte ich, daß man auch mit einem so elementaren Code (er ist nicht der Dewey) sehr interessante Spiele machen kann. Zum Beispiel kann man 3335·3335·3335·3335 schreiben, und schon ergibt sich das Bild einer Bibliothek mit einer immensen Anzahl von Räumen: Jeder Raum hat eine polygonale Form, mehr oder minder wie ein Bienenauge, denn er kann mehr als 3000 oder gar 33 000 Wände haben, und er unterliegt nicht der Schwerkraft, denn die Regale können sich auch an den oberen Wänden befinden, und jede dieser mehr als 33 000 Wände ist riesig, denn sie kann mindestens 33 000 Regale aufnehmen, und jedes davon ist unglaublich lang, denn es kann mehr als 33 000 Bücher fassen.

Ist dies eine mögliche Bibliothek, oder gehört sie nur in ein Phantasie-Universum? Jedenfalls erlaubt auch ein schlichter Code, der für eine Hausbibliothek erdacht worden ist, solche Variationen oder Projektionen und sogar den Gedanken an polygonale Bibliotheken. Ich schicke dies voraus, weil ich, als ich mir überlegte, was man über Bibliotheken sagen kann, zunächst die gewissen oder ungewissen Funktionen einer Bibliothek zu bestimmen versuchte. Zu diesem Zweck inspizierte ich kurz die Bibliotheken, zu denen ich Zugang hatte, da sie auch nachts geöffnet sind – nämlich die des Assurbanipal in Ninive, die des Polykrates auf Samos, die des Peisistratos in Athen, die von Alexandria (die schon im dritten Jahrhundert v. Chr. 400 000 Bände enthielt und dann im ersten, mit der des Serapeions, 700 000 Bände umfaßte), schließlich die Bibliothek von Pergamon und die des Augustus (zur Zeit Kaiser Konstantins gab es 28 Bibliotheken in Rom). Ferner habe ich eine gewisse Vertrautheit mit einigen benediktinischen Klosterbibliotheken, und so begann ich mich zu fragen, worin eigentlich die Aufgabe einer Bibliothek besteht.

Anfangs, in den Zeiten des Assurbanipal oder des Polykrates, war es wohl nur das einfache Unterbringen der Schriftrollen oder Bände, damit sie nicht in der Gegend herumlagen. Später, denke ich, kam dann das Sammeln und Hüten hinzu, denn schließlich waren die Rollen teuer. Noch später, zu Zeiten der Benediktiner, war es auch das Kopieren – die Bibliothek sozusagen als Durchgangszone: Das Buch trifft ein, wird abgeschrieben, das Original oder die Kopie verläßt sie wieder.

Zu manchen Zeiten, vielleicht schon zwischen Augustus und Konstantin, war die Aufgabe einer Bibliothek sicher auch das Bereitstellen ihrer Bücher zum Lesen, also mehr oder weniger das, was die schöne Resolution der UNESCO besagt, in der es heißt, es sei einer der Zwecke von Bibliotheken, dem Publikum das Lesen zu ermöglichen.

Später sind dann aber Bibliotheken entstanden, die eher den Zweck verfolgten, das Lesen *nicht* zu ermöglichen, die Bücher unter Verschluß zu halten, sie zu verbergen. Allerdings waren diese Bibliotheken auch so beschaffen, daß man Funde in ihnen machen konnte. Wir staunen immer wieder über die Fähigkeit der Humanisten des 15. Jahrhunderts, verschollene Handschriften wiederzufinden. Wo fanden sie sie? In Bibliotheken. In Bibliotheken, die teilweise zum Verbergen dienten, aber auch zum Bewahren und damit zum Fundemachen.

Angesichts dieser Aufgabenvielfalt einer Bibliothek erlaube ich mir nun, ein Negativmodell aufzustellen, das Modell einer schlechten Bibliothek in 19 Punkten. Natürlich ist es ein fiktives Modell wie das der polygonalen Bibliothek. Doch wie in allen Fiktionen, die ähnlich den Karikaturen aus der Kombination von Pferdeköpfen auf Menschenleibern mit Sirenenschwänzen und Schlangenschuppen entstehen, kann, glaube ich, jeder von uns in diesem Negativmodell Elemente finden, die ihn an eigene Abenteuer in den entlegensten Bibliotheken unseres Landes und anderer Länder erinnern. Eine gute Bibliothek im Sinne einer schlechten Bibliothek (also ein gutes Beispiel für das Negativmodell, das ich hier aufzustellen versuche) muß zunächst und vor allem ein ungeheurer

Alptraum sein, ein totales Horrorgebilde, und so gesehen ist die Beschreibung von Borges schon richtig.

1) Die Kataloge müssen so weit wie möglich aufgeteilt werden: man verwende größte Sorgfalt darauf, den Katalog der Bücher von dem der Zeitschriften zu trennen und den der Zeitschriften vom Schlagwort- oder Sachkatalog, desgleichen den Katalog der neuerworbenen Bücher von dem der älteren Bestände. Nach Möglichkeit sollte die Orthographie in den beiden Bücherkatalogen (Neuerwerbungen und alter Bestand) verschieden sein: beispielsweise Begriffe wie »Code« in dem einen mit C, in dem anderen mit K, oder Eigennamen wie Tschaikowsky bei den Neuerwerbungen mit einem Č, bei den anderen mal mit Ch, mal mit Tch.

2) Die Schlagworte müssen vom Bibliothekar bestimmt werden. Die Bücher dürfen, entgegen der üblen Unsitte, die sich neuerdings bei amerikanischen Büchern breitmacht, im Impressum keinen Hinweis auf die Schlagworte tragen, unter denen sie aufgeführt werden sollen.

3) Die Signaturen müssen so beschaffen sein, daß man sie nicht korrekt abschreiben kann, nach Möglichkeit so viele Ziffern und Buchstaben, daß man beim Ausfüllen des Bestellzettels nie genug Platz für die letzte Chiffre hat und sie für unwichtig hält; so daß dann der Schalterbeamte den Zettel als unvollständig ausgefüllt zurückgeben kann.

4) Die Zeit zwischen Bestellung und Aushändigung eines Buches muß sehr lang sein.

5) Es darf immer nur ein Buch auf einmal ausgehändigt werden.

6) Die ausgehändigten Bücher dürfen, da mit Leihschein bestellt, nicht in den Lesesaal mitgenommen werden, so daß man sein Leben in zwei Teile aufspalten muß, einen für die Lektüre zu Hause und einen für die Konsultation im Lesesaal. Die Bibliothek muß das kreuzweise Lesen mehrerer Bücher erschweren, da es zum Schielen führt.

7) Es sollte möglichst überhaupt keine Fotokopierer geben; falls doch einer da ist, muß der Zugang weit und beschwerlich sein, der Preis für eine Kopie muß höher sein als im nächsten Papiergeschäft und die Zahl der Kopien begrenzt auf höchstens zwei bis drei Seiten.

8) Der Bibliothekar muß den Leser als einen Feind betrachten, als Nichtstuer (andernfalls wäre er bei der Arbeit) und als potentiellen Dieb.

9) Fast das ganze Personal muß an irgendwelchen körperlichen Gebrechen leiden. Hier berühre ich einen heiklen Punkt, den ich keineswegs ironisch behandeln möchte. Es ist Aufgabe der Gesellschaft, allen Bürgern Arbeitsmöglichkeiten und Erleichterungen zu verschaffen, auch denen, die nicht mehr in der Blüte ihres Lebens oder im Vollbesitz ihrer Kräfte sind. Gleichwohl akzeptiert die Gesellschaft, daß zum Beispiel bei der Feuerwehr

eine besondere Auswahl getroffen werden muß. In Amerika gibt es Universitätsbibliotheken, die alles tun, um den Behinderten die Benutzung zu erleichtern, durch schiefe Ebenen für Rollstuhlfahrer, Spezialtoiletten etc., wobei sie in ihrem Bemühen so weit gehen, daß die anderen gefährdet werden, die auf den schiefen Ebenen ausrutschen.

Gewisse Tätigkeiten in einer Bibliothek erfordern jedoch einige Kraft und Geschicklichkeit: das Klettern auf Leitern, das Tragen schwerer Lasten etc., während es andere Verrichtungen gibt, die man jedem Bürger anbieten kann, der trotz mancher Behinderungen durch sein Alter oder durch andere Umstände noch eine sinnvolle Arbeit tun möchte. Ich werfe hier das Problem des Bibliothekspersonals auf, da es meines Erachtens dem der Feuerwehrtruppe viel näher steht als dem des Personals einer Bank, und dies ist sehr wichtig, wie wir noch sehen werden. Zunächst aber weitere Punkte.

10) Die Auskunft muß unerreichbar sein.

11) Das Ausleihverfahren muß abschreckend sein.

12) Die Fernleihe sollte unmöglich sein oder jedenfalls Monate dauern; am besten, man sorgt dafür, daß der Benutzer gar nicht erst erfahren kann, was es in anderen Bibliotheken gibt.

13) Infolge all dessen muß Diebstahl möglichst leicht gemacht werden.

14) Die Öffnungszeiten müssen genau mit den

Arbeitszeiten zusammenfallen, also vorsorglich mit den Gewerkschaften abgestimmt werden: totale Schließung an allen Samstagen, Sonntagen, abends und während der Mittagspausen. Der größte Feind jeder Bibliothek ist der Werkstudent, ihr bester Freund einer wie Don Ferrante, der seine eigene Bibliothek besitzt, also keine öffentliche aufsuchen muß und dieser die seine bei seinem Ableben hinterläßt.

15) Es muß unmöglich sein, sich innerhalb der Bibliothek irgendwie leiblich zu stärken, und es muß auch unmöglich sein, sich außerhalb der Bibliothek zu stärken, ohne zuvor alle ausgeliehenen Bücher zurückgegeben zu haben, um sie dann nach der Kaffeepause erneut zu bestellen.

16) Es muß unmöglich sein, das einmal ausgeliehene Buch am nächsten Tag wiederzufinden.

17) Es muß unmöglich sein zu erfahren, wer das fehlende Buch ausgeliehen hat.

18) Es darf möglichst keine Toiletten geben.

19) Ideal wäre schließlich, wenn der Benutzer die Bibliothek gar nicht erst betreten könnte; betritt er sie aber doch, stur und pedantisch auf einem Recht beharrend, das ihm aufgrund der Prinzipien von 1789 konzediert worden ist, aber noch nicht Eingang ins kollektive Bewußtsein gefunden hat, so darf er auf keinen Fall, nie und nimmer, außer bei seinen raschen Konsultationen im Lesesaal, Zugang zu den Bücherregalen selbst haben.

Gibt es heute noch solche Bibliotheken? Ich überlasse die Antwort dem Leser, auch weil ich gestehen muß, daß ich – verfolgt von zarten Erinnerungen (an Studien in der Biblioteca Nazionale zu Rom, als sie noch existierte, mit grünen Lampen auf den Tischen, oder an Nachmittage voll erotischer Spannung in der Sainte-Geneviève oder in der Bibliothèque de la Sorbonne) – heute nur noch recht selten in Bibliotheken gehe, jedenfalls in Italien; nicht aus polemischen Gründen, sondern weil ich, wenn ich in Bologna bin, meist zuviel Arbeit habe, und im Seminar kann man einen Studenten bitten, das gewünschte Buch zu besorgen und zu fotokopieren; und wenn ich in Mailand bin, was höchst selten der Fall ist, gehe ich immer nur in die Städtische Bibliothek, weil sie den praktischen Einheitskatalog hat. Im Ausland allerdings gehe ich häufig in Bibliotheken, denn wenn ich im Ausland bin, ist mein Beruf, ein Mensch im Ausland zu sein, das heißt, ich habe mehr Zeit als zu Hause, ich habe die Abende frei, und in vielen Ländern kann man abends in Bibliotheken gehen.

Statt also hier nun die Utopie einer perfekten Bibliothek auszumalen, von der ich nicht weiß, ob und inwieweit sie jemals realisierbar sein wird, will ich lieber von zwei nach Menschenmaß zugeschnittenen Bibliotheken berichten, die ich beide sehr schätze und, sooft ich irgend kann, besuche. Damit will ich nicht sagen, daß sie die besten der

Welt seien und daß es nicht auch noch andere gäbe; es sind nur diejenigen, die ich zum Beispiel im vorigen Jahr mit einer gewissen Regelmäßigkeit aufgesucht habe, vier Wochen lang die eine, die andere drei Monate lang. Es sind die Sterling Library in Yale und die neue Bibliothek der Universität Toronto.

Sie sind sehr verschieden voneinander, mindestens so verschieden wie – um ein Beispiel aus Mailand zu nehmen – der Pirelli-Wolkenkratzer und Sant'Ambrogio, gerade auch in der Architektur: Die Sterling Library ist ein neugotisches Kloster, die Universitätsbibliothek in Toronto ein Meisterwerk der modernen Architektur. Trotz aller Unterschiede will ich jedoch versuchen, die beiden zu einem Bild zu verschmelzen, um zu erklären, warum sie mir so gefallen.

Sie sind bis Mitternacht geöffnet, auch am Sonntag (die Sterling Library öffnet am Sonntag erst mittags und bleibt freitagabends geschlossen). In Toronto gibt es gute Verzeichnisse, auch eine Reihe von Bildschirmen und computerisierten Karteien, die leicht zu handhaben sind. In der Sterling sind die Verzeichnisse noch etwas antiquierter, aber Autoren- und Sachkataloge sind zusammengefaßt, so daß man zu einem bestimmten Thema beispielsweise nicht nur die Werke von Hobbes findet, sondern auch die Werke über Hobbes. Außerdem enthält der Katalog auch Hinweise auf die

Bücher, die sich in anderen Bibliotheken der Gegend befinden.

Das Schönste an diesen beiden Bibliotheken ist aber, zumindest für eine bestimmte Sorte von Lesern, daß man Zugang zu den *stacks* hat. Mit anderen Worten, man muß das gewünschte Buch nicht erst lange bestellen, sondern man passiert mit einem Ausweis einen elektronischen Zerberus, nimmt einen Lift und gelangt direkt ins Magazin zu den Bücherregalen. Nicht daß man dort immer lebend wieder herauskommt, in den Gängen der Sterling Library ist es zum Beispiel sehr leicht, einen Mord zu begehen und die Leiche irgendwo unter einem Regal mit Landkarten zu verstecken, wo sie erst Jahrzehnte später gefunden wird. Auch gibt es dort ein sehr raffiniertes Ineinander von Geschossen und Zwischengeschossen, so daß man nie weiß, ob man gerade in einem Stock oder in einem Zwischenstock ist, und folglich den Lift nicht mehr findet. Das Licht geht nur an, wenn man es anknipst, weshalb es passieren kann, daß man, wenn man den richtigen Schalter nicht findet, lange im Dunkeln umhertappt.

Anders in Toronto, dort ist alles taghell. Doch in beiden Bibliotheken geht der Benutzer frei umher, schaut sich die Bücher in den Regalen an, nimmt sich heraus, was er braucht und kann sich damit in Säle mit bequemen Sesseln begeben, um in aller Ruhe zu lesen. In Yale sind die Sessel nicht ganz so schön wie in Toronto, aber auch dort kann man die Bücher in der Bibliothek umhertragen, um sie zu fotokopieren. Fotokopiergeräte sind zahlreich vorhanden, in Toronto gibt es zudem ein Büro, das kanadische Dollars in Münzen wechselt, so daß man sich kiloweise mit Münzen versehen an seinen Fotokopierer stellen und sogar Bücher von sieben- bis achthundert Seiten kopieren kann. Die Geduld der anderen Benutzer ist grenzenlos, sie stehen und warten, ohne zu murren, bis man die letzte Seite kopiert hat.

Natürlich kann man die Bücher auch ausleihen, die Formalitäten sind rasch erledigt: Nachdem man sich frei durch die acht, fünfzehn, achtzehn Geschosse der Bibliothek bewegt und sich die gewünschten Bücher genommen hat, schreibt man die Titel auf einen Leihschein, gibt ihn bei einem Schalter ab und geht hinaus. Wer kann hinein? Jeder, der einen Benutzerausweis hat, und auch den erhält man leicht in ein bis zwei Stunden, wobei die Bürgschaft manchmal sogar nur telefonisch gegeben zu werden braucht. In Yale dürfen zwar die Studenten nicht ins Magazin, sondern nur ausgewiesene Wissenschaftler, aber für die Studenten gibt es dort noch eine weitere Bibliothek, die, abgesehen von sehr alten Büchern, ebensogut bestückt ist und wo die Studenten sich ebenso wie die Dozenten selber holen können, was sie brauchen. Insgesamt steht einem in Yale ein Kapital von acht

Millionen Bänden zur Verfügung. Kostbare Manuskripte sind natürlich in einer besonderen Abteilung untergebracht und etwas weniger leicht zugänglich.

Warum ist nun der freie Zugang zu den Regalen so wichtig? Eines der Mißverständnisse, die den allgemeinen Begriff der Bibliothek beherrschen, ist die Vorstellung, daß man in eine Bibliothek geht, um sich ein bestimmtes Buch zu besorgen, dessen Titel man kennt. Natürlich kommt es oft vor, daß man in eine Bibliothek geht, weil man ein bestimmtes Buch haben will, aber die Hauptfunktion einer Bibliothek – jedenfalls meiner privaten Bibliothek und jeder, die wir im Hause von Freunden durchstöbern können – ist die Möglichkeit zur Entdeckung von Büchern, deren Existenz wir gar nicht vermutet hatten, aber die sich als überaus wichtig für uns erweisen. Gewiß kann man diese Entdeckung auch machen, wenn man den Katalog durchblättert, aber nichts ist aufschlußreicher und spannender, als eigenhändig die Regale zu durchstöbern, die womöglich alle Bücher zu einem bestimmten Thema enthalten (was man im Autorenkatalog nie hätte entdecken können), und neben dem Buch, dessentwegen man gekommen ist, ein anderes Buch zu finden, das man gar nicht gesucht hatte, aber das sich als fundamental herausstellt. Mit anderen Worten, die Idealfunktion einer Bibliothek ähnelt ein bißchen derjenigen der Bouquinisten am Seineufer, bei denen man Trouvaillen machen kann, und diese Funktion erhält sie nur durch den freien Zugang zu den Regalen.

Daraus ergibt sich, daß in einer solchen, dem Menschen gemäßen Bibliothek der am wenigsten frequentierte Saal der Lesesaal ist. Auf diesem Niveau sind auch gar nicht mehr viele Lesesäle notwendig, denn die Leichtigkeit des Ausleihens, des Fotokopierens, des Mit-nach-Hause-Nehmens der Bücher macht einen Großteil der Aufenthalte im Lesesaal überflüssig. Oder es fungieren als Lesesäle (wie in Yale) die *refreshing areas,* die Cafeteria, das Selfservice-Restaurant im Untergeschoß, wohin man die Bücher mitnehmen darf, wo man also weiterarbeiten kann, an einem Tischchen sitzend mit einem Kaffee und einer Brioche, auch mit einer Zigarette, um die Bücher zu prüfen und zu entscheiden, ob man sie ins Regal zurückbringen oder ausleihen soll, ohne jede Kontrolle. In Yale wird die Kontrolle am Ausgang vorgenommen, von einem Angestellten, der mit eher zerstreuter Miene einen Blick in die Tasche wirft, die man hinausträgt; in Toronto sind die Buchrücken magnetisiert; der junge Student, der die auszuleihenden Bücher registriert, führt sie über ein Gerät, das die Magnetisierung entfernt, danach geht man durch eine elektronische Schleuse wie auf einem Flughafen, und wenn jemand den Band 108 der ›Patrologia latina‹ in der Jackentasche versteckt hat, schrillt eine Klingel.

Natürlich ist in solchen Bibliotheken die Mobilität der Bücher sehr hoch, so daß es schwierig sein kann, das Buch zu finden oder wiederzufinden, das man gerade sucht oder das man am Vortag konsultiert hatte. Anstelle der allgemeinen Lesesäle gibt es sogenannte »Boxen«, separate kleine Arbeitsräume, die man sich geben lassen kann, wenn man wissenschaftlich arbeitet. Dort kann man seine Bücher aufbewahren und arbeiten, wann man will. In einigen dieser Bibliotheken kann man jedoch auch, wenn man ein Buch nicht findet, in wenigen Minuten erfahren, wer es ausgeliehen hat, und den Betreffenden anrufen.

All das hat zur Folge, daß es in diesen Bibliotheken sehr wenige Aufseher und sehr viele Angestellte gibt, genauer gesagt eine Sorte von Funktionären, die halb richtige Bibliothekare und halb Hilfskräfte sind, gewöhnlich Studenten, die sich auf diese Weise, full-time oder part-time, ihr Studium verdienen. In einer Bibliothek, in der alle ständig umhergehen und sich Bücher aus den Regalen nehmen, bleiben dauernd irgendwo Bücher liegen, die nicht wieder eingestellt worden sind, also gehen diese Studenten mit enormen Drahtkorbwagen durch die Reihen, sammeln ein, was herumliegt, und kontrollieren, ob die Bücher mehr oder weniger da stehen, wo sie hingehören (sie tun es nie, was das Abenteuer der Suche steigert). In Toronto habe ich einmal fast keinen einzigen Band der ›Patrologia latina‹ von Migne finden können; eine solche Zerstörung des Begriffs der Präsenzbibliothek würde einen sensiblen Bibliothekar verrückt machen, aber so ist es nun mal.

Für mich ist eine solche Bibliothek wie geschaffen, ich kann ganze Tage voller Seligkeit darin verbringen: Ich lese die Zeitung, nehme mir Bücher mit in die Cafeteria, gehe mir anschließend neue holen, mache Entdeckungen. Eigentlich war ich gekommen, um mich, nehmen wir an, mit englischem Empirismus zu befassen, statt dessen fange ich an, den Aristoteles-Kommentaren nachzugehen, irre mich im Stockwerk, gelange in eine Abteilung, die ich von mir aus nie betreten hätte, lauter medizinische Bücher, aber dann stoße ich unversehens auf Werke über Galenus, also mit philosophischen Querverweisen ... So erlebt, wird die Bibliothek zu einem Abenteuer.

Was sind aber nun die Nachteile dieser Art von Bibliotheken? Zweifellos Diebstähle und Zerstörungen: trotz aller elektronischen Kontrollen ist das Bücherklauen in einer solchen Bibliothek viel leichter als in einer der unseren. (Allerdings hat mir erst kürzlich der Direktor einer berühmten italienischen Bibliothek erzählt, man habe einen Dieb entlarvt, der sich fünfundzwanzig Jahre lang in aller Ruhe die schönsten Inkunabeln mit nach Hause genommen hatte: Er besaß alte Bände mit Signaturen längst vergangener Bibliotheken, brachte sie mit, trennte die Seiten heraus, löste den Buchblock des zu stehlenden Bandes aus dem Einband, legte ihn in den alten Einband und ging mit seiner Beute hinaus; auf diese Weise muß er sich in fünfundzwanzig Jahren eine wunderbare Bibliothek beschafft haben.)

Diebstahl ist überall möglich, aber ich glaube, das Prinzip einer offenen Bibliothek mit freier Zirkulation ist, daß sie den Diebstahl durch Ankauf neuer Exemplare wettmacht, auch wenn es sich um antiquarische Bücher handelt. Ein Millionärsprinzip, gewiß, aber ein Prinzip. Die Grundfrage ist, ob man will, daß die Bücher gelesen werden können, oder nicht; will man es und wird dann ein Buch gestohlen oder zerstört, so kauft man eben ein neues. Kostbare Handschriften werden selbstverständlich in besonderen Abteilungen aufbewahrt und besser geschützt.

Der andere Nachteil dieser Art von Bibliothek ist: Sie ermöglichen, fördern und beschleunigen die Xerozivilisation. Die Xerozivilisation, also die Zivilisation der Fotokopie, bringt zusammen mit allen Annehmlichkeiten, die das Fotokopieren bietet, eine Reihe von ernsten Problemen für die Verlage mit sich, besonders in rechtlicher Hinsicht. Vor allem betreibt sie den Zusammenbruch des

Urheberrechtsbegriffs. Gewiß gibt es noch Widerstände: Geht man zum Beispiel in einer solchen Bibliothek, in der es Dutzende von Kopiergeräten gibt, zur offiziellen Kopierstelle, wo es billiger ist, und will sich ein ganzes Buch kopieren lassen, so bekommt man zu hören, das sei nicht möglich, weil es gegen das Urheberrecht verstoße. Aber wenn man genügend Kleingeld hat und sich das Buch selber kopiert, sagt niemand etwas. Außerdem kann man das Buch ausleihen und es zu gewissen Studentenkooperativen bringen, die es praktischerweise gleich auf gelochtes Papier kopieren, so daß man die Blätter nur noch in einen Ordner einzulegen braucht.

Auch in diesen Kooperativen wird einem manchmal gesagt, sie könnten nicht ganze Bücher fotokopieren (andere tun es freilich, es hängt ganz davon ab, wie genau sie es nehmen). Ich hatte das Problem ein paarmal mit meinen Studenten. »Wir brauchen von diesem Buch dreißig Kopien«, sagt mir einer, »aber im Copyshop weigern sie sich, es zu kopieren, weil im Impressum steht, daß es urheberrechtlich geschützt ist.«

»Na gut«, sage ich, »dann besorgt euch genügend Kleingeld, macht euch eine Kopie am Kopierautomaten, bringt das Buch in die Bibliothek zurück und laßt euch dann im Copyshop neunundzwanzig Kopien der Kopie machen. Eine Fotokopie ist nicht urheberrechtlich geschützt.«

»Daran hatten wir gar nicht gedacht.« Dabei ist es so einfach, neunundzwanzig Kopien einer Fotokopie macht einem jeder beliebige Copyshop.

Das hat sich mittlerweile auf die Politik der Verlage ausgewirkt. Jeder wissenschaftliche Verlag ist sich heute darüber im klaren, daß seine Bücher fotokopiert werden. Infolgedessen druckt er seine Bücher in kleinen Auflagen von höchstens ein- bis zweitausend Exemplaren, die 150 Dollar kosten und nur von den Bibliotheken gekauft werden, wo die anderen sie sich dann ausleihen und fotokopieren. Die großen holländischen Verlage für Linguistik, Philosophie, Kernphysik usw. lassen heute ein Buch von 150 Seiten gut und gern 50 bis 60 Dollar kosten, eines von 300 Seiten kann bis zu 200 Dollar kosten, es wird an den begrenzten Kreis der großen Bibliotheken verkauft, und der Verlag weiß mit Sicherheit, daß alle Studenten und Forscher nur mit Fotokopien arbeiten werden. Wehe dem Wissenschaftler, der seine Bücher für sich haben möchte, er könnte sie nicht mehr bezahlen. Die Folge ist, daß die Preise weiter steigen und die Verbreitung weiter abnimmt. Welche Garantie hat also der Verlag, daß seine Bücher in Zukunft noch gekauft und nicht bloß fotokopiert werden? Die Preise müssen niedriger als die Kopierkosten sein. Da jedoch das Kopieren immer billiger und die Kopien immer besser werden, ergibt sich für den Verlag das Problem, wenn er seine Bücher ans breite Publikum und nicht nur an Bibliotheken verkaufen will, daß er sie so billig wie möglich drucken muß, also auf extrem schlechtes Papier, das bald spröde wird und, wie Untersuchungen der letzten Jahre gezeigt haben, nach ein paar Jahrzehnten zerfallen sein wird (das hat schon begonnen: Die Gallimards der fünfziger Jahre zerbröseln wie trockenes Brot, wenn man sie heute durchblättert).

Dies führt zu einem weiteren Problem, nämlich einer rigorosen Selektion von oben zwischen denen, die überleben werden, und denen, die man vergessen wird. Mit anderen Worten: Autoren, die in den großen internationalen Verlagen publizieren, deren Bücher nur in den begrenzten Kreis der Bibliotheken gelangen und bis zu 300 Dollar kosten, werden auf relativ gutes Papier gedruckt und haben Aussichten, in Bibliotheken zu überdauern und fotokopiert zu werden, während jene, die nur bei Verlagen publizieren, die sich ans breite Publikum wenden, also zu Billigausgaben neigen, aus dem Gedächtnis der Nachwelt verschwinden werden. Wir wissen noch nicht genau, ob das gut oder schlecht sein wird, zumal heute Publikationen, die von großen Verlagen zum Preis von 300 Dollar exklusiv für die Bibliotheken gemacht werden, nicht selten Publikationen auf Kosten des Autors sind, des Wissenschaftlers oder der Stiftung, die ihn fördert, was nicht unbedingt immer eine Garantie für den Wert und die Würde des Publizierenden ist. Kurzum, wir nähern uns durch die Xerozivilisation einer Zukunft, in der die Verlage – jedenfalls die wissenschaftlichen – fast nur noch für die Bibliotheken publizieren werden, und dessen sollten wir uns bewußt sein.

Dazu kommt auf der persönlichen Ebene eine Fotokopierneurose. Die Fotokopie ist etwas sehr Nützliches, aber oft stellt sie auch nur ein geistiges Alibi dar: Wer die Bibliothek mit einem Stapel Fotokopien verläßt, hat in der Regel die Gewißheit, daß er sie nie alle wird lesen können, ja er wird sie nicht einmal alle wiederfinden, da sie leicht durcheinandergeraten, aber er hat das Gefühl, sich den Inhalt der Bücher angeeignet zu haben. Vor dem Aufkommen der Xerozivilisation hatte er sich lange handschriftliche Exzerpte in riesigen Lesesälen gemacht, und davon war stets etwas in seinem Kopf hängengeblieben. Mit der Fotokopierneurose wächst die Gefahr, daß man ganze Tage in Bibliotheken vergeudet, um Bücher zu fotokopieren, die man nie lesen wird.

Ich beschreibe die negativen Auswirkungen jener dem Menschen gemäßen Bibliothek, in der ich trotzdem froh bin zu leben, wann immer ich kann, doch das Schlimmste wird kommen, wenn eine Zivilisation der Lesegeräte und Mikrofiches die Zivilisation des Buches total verdrängt haben wird.

Vielleicht werden wir eines Tages noch jenen Bibliotheken nachtrauern, die von Zerberussen bewacht werden, die den Benutzer als Feind betrachten und ihn am liebsten von den Büchern fernhalten würden, aber in denen man wenigstens einmal am Tag einen gebundenen Gegenstand in die Hand nehmen konnte. Wir müssen uns also auch dieses apokalyptische Szenario vor Augen führen, um das Pro und Contra einer dem Menschen gemäßen Bibliothek abzuwägen.

Ich glaube, daß die Bibliothek der Zukunft mehr und mehr nach dem Maß des Menschen gestaltet sein wird, aber um nach dem Maß des Menschen gestaltet zu sein, muß sie auch nach dem Maß der Maschine gestaltet sein, vom Fotokopierautomaten bis zum Lesegerät, und dann wird es Aufgabe der Schule, der Kommunen etc. sein, die Jugend und die Erwachsenen im Gebrauch der Bibliothek zu unterweisen. Die rechte Benutzung der Bibliothek ist eine subtile Kunst, es genügt nicht, daß der Lehrer den Schülern sagt: »Wenn ihr die und die Arbeit macht, geht in die Bibliothek und holt euch das und das Buch.« Er muß den Schülern auch beibringen, wie man die Bibliothek benutzt, wie man ein Mikrofiche-Lesegerät benutzt, wie man einen Katalog benutzt, wie man sich mit den Verantwortlichen der Bibliothek auseinandersetzt, wenn sie ihre Pflichten versäumen, und wie man mit den

Verantwortlichen der Bibliothek zu deren und aller Wohl kooperiert.

Im äußersten Falle, wenn die Bibliothek nicht potentiell allen offenstehen soll, müßte man Kurse einrichten wie zum Erwerb des Führerscheins, Kurse, die den Respekt vor dem Buch vermitteln und die Fähigkeit, es zu konsultieren. Eine sehr subtile Kunst, die zu lehren Aufgabe der Schule und der Erwachsenenbildung werden muß, denn die Bibliothek ist, wie wir wissen, eine Sache der Schule, der Gemeinde, des Staates. Sie ist eine Frage der Zivilisation, und wir haben keine Ahnung, wie unbekannt das Instrument Bibliothek den meisten noch immer ist.

Wer in der heutigen Massenuniversität lebt, wo hochbegabte und weltgewandte junge Wissenschaftler mit anderen jungen Leuten zusammenleben, die zum ersten Mal mit der Welt der Kultur in Berührung kommen, kann unglaubliche Geschichten erleben. Zum Beispiel kommt da zu mir ein Student und sagt: »Ich kann dieses Buch in der Bibliothek von Bologna nicht konsultieren, weil ich in Modena wohne.« Ich weise ihn darauf hin, daß es auch in Modena Bibliotheken gibt. »Nein«, antwortet er, »da gibt es keine.« – Er hatte noch nie von einer gehört.

Oder es kommt eine Doktorandin und sagt: »Ich habe die ›Logischen Untersuchungen‹ von Husserl nicht finden können, in den Bibliotheken gibt es sie nicht.« Ich frage, in welchen Bibliotheken sie gesucht hat. »Hier in Bologna«, sagt sie, »und auch in meiner Heimatstadt habe ich nachgesehen, da gibt es keinen Husserl.« Es kommt mir sehr merkwürdig vor, daß es die italienischen Übersetzungen von Husserl in der Universitätsbibliothek von Bologna nicht geben soll. »Na ja«, meint sie, »vielleicht sind gerade alle ausgeliehen.« – Oha, auf einmal lesen alle ganz gierig Husserl! Man sollte Vorsorge treffen, es wäre vielleicht ganz nützlich, seine Werke in mindestens drei Exemplaren dazuhaben ... Etwas muß faul sein im Staate Dänemark, wenn eine Doktorandin die Werke von Husserl nicht finden kann und ihr nie gesagt worden ist, daß es in der Bibliothek vielleicht jemanden gibt, den sie aufsuchen könnte, um ihn zu fragen, was es mit diesem Mangel auf sich hat. Eine Dystonie, eine Störung im Kommunikationsverhältnis zwischen Bürger und Bibliothek.

Bleibt schließlich die Grundfrage: Will man die Bücher schützen oder will man, daß sie gelesen werden? Ich sage gar nicht, daß man sich entscheiden muß, sie schutzlos zur Lektüre freizugeben, aber man muß sie auch nicht so schützen, daß niemand sie lesen kann. Und ich sage auch nicht, daß man einen Mittelweg finden muß. Man muß sich entscheiden, welchem der beiden Ideale man Priorität geben will, danach wird man den Realitäten Rechnung tragen und überlegen, wie man das sekundäre Ideal verteidigt. Soll das primäre Ideal die Möglichkeit zur Lektüre der Bücher sein, so muß man versuchen, sie so gut es geht zu schützen, aber im Wissen um die damit verbundenen Risiken. Will man primär das Buch schützen, so muß man nach Wegen suchen, die seine Lektüre erlauben, aber im Wissen um die damit verbundenen Risiken.

In dieser Hinsicht hat eine Bibliothek die gleichen Probleme wie eine Buchhandlung. Es gibt heutzutage zwei Arten von Buchhandlungen. Zum einen die seriösen, noch mit echten Holzregalen, in denen man, kaum eingetreten, von einem Herrn angesprochen und gefragt wird: »Ja bitte, was wünschen Sie?«, woraufhin man eingeschüchtert sofort wieder geht. In solchen Buchhandlungen wird vergleichsweise wenig geklaut. Aber dort wird auch wenig gekauft. Zum anderen gibt es die Supermarkt-Buchhandlungen, mit Plastikregalen, in denen man – besonders die Jugend – ungestört umhergeht, sich die Bücher ansieht, sich über Neuerscheinungen informiert, und dort wird viel geklaut, trotz aller elektronischen Kontrollen. Man kann dort Studenten dabei überraschen, wie sie einander zuraunen: »He, schau mal, dieses Buch ist interessant, das gehe ich morgen klauen.« Dann werden einschlägige Informationen ausgetauscht, zum Beispiel: »Paß auf, wenn sie dich bei Feltrinelli erwischen, geht's dir schlecht.« – »Na gut, dann gehe ich eben zu Marzocco klauen, da haben sie jetzt einen neuen Supermarkt aufgemacht.« Die Manager solcher Buchhandelsketten wissen jedoch sehr wohl, daß ab einer bestimmten Größe eine Buchhandlung mit hoher Diebstahlquote auch eine Buchhandlung mit hohem Umsatz ist. In Kaufhäusern wird sehr viel mehr gestohlen als in Drogerien, aber Kaufhäuser sind Bestandteil großkapitalistischer Handelsketten, während Drogerien zum relativ einkommensschwachen Kleinhandel gehören.

Übertragen wir nun diese Fragen des wirtschaftlichen Profits auf solche des kulturellen Gewinns, der sozialen Kosten und Nutzen, so stellt sich dasselbe Problem für die Bibliotheken: größere Risiken in der Frage des Schutzes der Bücher einzugehen, um dafür alle sozialen Vorteile einer größeren Verbreitung der Bücher zu haben.

Wenn also die Bibliothek, wie es Borges will, ein Modell des Universums ist, so sollten wir versuchen, sie in ein dem Menschen gemäßes Universum zu verwandeln, und dem Menschen gemäß, ich wiederhole es, heißt auch fröhlich, auch mit der Möglichkeit, einen Kaffee zu trinken, auch mit der Möglichkeit, daß Studentenpärchen einen Nachmittag lang auf dem Sofa sitzen können, nicht um sich dort abzuknutschen, sondern um einen Teil ihres Flirts zwischen Büchern auszuleben, Büchern von wissenschaftlichem Interesse, die sie sich aus den Regalen holen und wieder zurückstellen. Mit einem Wort: eine lustvolle Bibliothek, in die man gerne geht und die sich allmählich in eine große Freizeitmaschine verwandelt, wie das Museum of Modern Art in New York, wo man ins Kino gehen, durch den Garten schlendern, die Statuen betrachten und eine komplette Mahlzeit einnehmen kann.

Ich weiß mich einig mit der UNESCO: »Die Bibliothek ... muß leicht zugänglich sein, ihre Pforten müssen allen Mitgliedern der Gesellschaft offenstehen, so daß jeder sie frei benutzen kann, ohne Ansehen von Rasse, Hautfarbe, Nationalität, Alter, Geschlecht, Religion, Sprache, Personen- und Bildungsstand.« Eine revolutionäre Idee. Und der Hinweis auf den Bildungsstand postuliert auch eine gewisse Erziehung, Beratung und Vorbereitung. Und noch etwas: »Das Gebäude, in dem die öffentliche Bibliothek untergebracht ist, sollte zentral gelegen sein, auch für die Behinderten leicht zugänglich und zu vernünftigen Zeiten geöffnet. Das Gebäude und seine Einrichtung müssen ansprechend, bequem und freundlich sein; und es ist vor allem wichtig, daß die Leser direkten Zugang zu den Regalen haben.«

Wird es uns je gelingen, diese Utopie zu verwirklichen?

Anmerkungen

1 Jedes Geschöpf der Welt ist für uns gleichsam ein Buch und Gemälde und Spiegel.«

2 »Daß der Kopf schmal sei und trocken bei dicht auf den Knochen liegendem Fell, die Ohren kurz und spitz, die Augen groß, die Nüstern geöffnet, der Nacken aufgerichtet, Mähne und Schweif dicht, die Rundung der Hufe solide und fest.«

3 »Du wirst Priester in Ewigkeit sein.«

4 »Ein Kloster ohne Bücher ist wie ein Staatswesen ohne Habe, eine Festung ohne Truppen, eine Küche ohne Geschirr, ein Tisch ohne Speisen, ein Garten ohne Pflanzen, eine Wiese ohne Blumen, ein Baum ohne Blätter.«

5 *Stat rosa pristina nomine, nomina nuda tenemus:* Die Rose von einst steht nur noch als Name, uns bleiben nur nackte Namen.

6 ›Über die Weltverachtung‹: beliebter Titel hoch- und spätmittelalterlicher Traktate, vgl. Johan Huizinga, ›Herbst des Mittelalters‹, Stuttgart 1975 (Kröners Taschenausgabe 204), Kapitel XI und XVI.

7 »Doch wo ist der Schnee vom vorigen Jahr?«: Refrain der um 1460 entstandenen ›Ballade des dames du temps jadis‹.

8 »Es ist keine Rose (vorhanden).«

9 ›Fermo e Lucia‹ hieß die Urfassung von Alessandro Manzonis Roman ›I promessi sposi‹ (dt. ›Die Verlobten‹), der 1827 in Mailand erschien.

10 Romane von Ardengo Soffici (1879–1964), Giuseppe Antonio Borgese (1882–1952) und Vasco Pratolini (geb. 1913), z.T. auch ins Deutsche übersetzt: ›Rubè‹ (Heidelberg 1928) und ›Metello, der Maurer‹ (Zürich 1957).

11 Unabhängige linkskommunistische Tageszeitung, für die Eco von 1971 bis 1974 geschrieben hat.

12 »Warum im Knabenalter der Koitus nicht gelingt.«

13 »Hast du die Dinge, so folgen die Worte«, bzw. »Hast du die Worte, so folgen die Dinge« (Cato).

14 ›Macht, Gruppierungen und Konflikt in der neofeudalen Gesellschaft‹, in: ›Documenti su il nuovo medioevo‹, Bompiani, Mailand 1973, ein Sammelband, in dem auch der vorliegende Essay erstmals erschienen ist.

15 Die Studenten protestieren, weil die Hörsäle überfüllt sind und der Lehrplan zu autoritär ist. Die Professoren sind bereit, die Arbeit in Seminaren mit den Studenten zu organisieren, aber die Polizei greift ein. Bei einem Zusammenstoß kommen fünf Studenten ums Leben (Anno 1200). Eine Reform wird verabschiedet, die den Professoren und Studenten Autonomie zubilligt; einem Kandidaten, der von sechs Professoren vorgeschlagen wird, darf der Kanzler nicht die Lehrbefugnis verweigern (Anno 1215). Der Kanzler von Notre-Dame verbietet die Bücher von Aristoteles. Die Studenten stürmen ein Lokal, weil die Preise angeblich zu hoch sind, und verwüsten es. Der Polizeiprofoß interveniert mit einer Kompanie Bogenschützen und verletzt Passanten. Aus den Gassen ringsum strömen Studenten herbei, reißen das Pflaster auf und greifen die Polizei mit Steinen an. Der Polizeiprofoß ordnet die Räumung an, drei Studenten werden getötet. Generalstreik an der Universität, Verbarrikadierung im Gebäude, Delegation zur Regierung. Studenten und Professoren wandern ab in Universitäten an der Peripherie. Nach langwierigen Verhandlungen erläßt der König ein Gesetz, das den Studenten billige Unterkünfte garantiert und Kollegien sowie Mensen schafft (März 1229). Die Bettelorden besetzen drei von zwölf Lehrstühlen. Revolte der weltlichen Dozenten, die sie beschuldigen,

eine Ordinarien-Mafia zu bilden (1252). Im Jahr darauf kommt es zu einem heftigen Kampf zwischen Studenten und Polizei, die weltlichen Dozenten streiken aus Solidarität, während die Ordens-Ordinarien ihre Vorlesungen fortsetzen (1253). Die Universität gerät in Konflikt mit dem Papst, der mit den geistlichen Professoren konform geht, aber schließlich muß Alexander IV. das Streikrecht konzedieren, wenn der Streik von der Fakultätsversammlung mit Zweidrittelmehrheit beschlossen wird. Einige Professoren wehren sich gegen die Konzession und werden abgesetzt: Guillaume de Saint-Amour, Eudes de Douai, Chrétien de Beauvais und Nicolas de Bar-sur-Aube gehen vor Gericht. Die abgesetzten Professoren publizieren ein Weißbuch unter dem Titel ›Die Gefahr der jüngsten Zeiten‹, aber das Buch wird in einer Bulle von 1256 als »ruchlos, kriminell und abscheulich« verdammt (vgl. Gilette Ziegler, ›Le défi de la Sorbonne‹, Julliard, Paris 1969).

16 *Objekte im Schatz Karls IV. von Böhmen:* Der Schädel des hl. Adalbert, Das Schwert des hl. Stephanus, Ein Dorn aus der Krone Jesu, Stücke vom Kreuz, Tischtuch des Letzten Abendmahls, Ein Zahn der hl. Margaretha, Ein Knochenstück des hl. Vitalis, Eine Rippe der hl. Sophia, Das Kinn des hl. Eoban, Rippe eines Wals, Stoßzahn eines Elefanten, Stab des Moses, Kleidungsstücke der Heiligen Jungfrau. *Objekte im Schatz des Duc de Berry:* Ein ausgestopfter Elefant, Ein Basilisk, Manna aus der Wüste, Horn eines Einhorns, Kokosnuß, Verlobungsring des hl. Joseph. *Objekte in einer Ausstellung Pop Art und Neuer Realismus:* Puppe mit aufgeschlitztem Bauch, aus dem Köpfe anderer Puppen herausragen, Brille mit aufgemalten Augen, Kreuz mit eingefaßten Coca-Cola-Flaschen und einer Glühbirne in der Mitte, Vervielfachtes Marilyn-Monroe-Porträt, Vergrößerung eines Dick-Tracy-Comics, Elektrischer Stuhl,

Pingpongtisch mit Bällen aus Gips, Komprimierte Autoteile, Verzierter Motorradhelm in Öl, Elektrische Batterie aus Bronze auf Sockel, Schachtel mit Flaschenkorken, Senkrecht gestellte Tischplatte mit Teller, Messer, Gitanes-Päckchen und hängender Dusche vor Landschaft in Öl.

17 Johan Huizinga, ›Herbst des Mittelalters‹, Kröner, Stuttgart 1975, S. 391.

18 ›Kommentar zur Nikomachischen Ethik des Aristoteles‹ VI, 4; vgl. ›Summa Theologica‹ II, II, 47ff.

19 Vgl. Jorge Luis Borges, ›Gesammelte Werke‹, Band 3/I, Hanser, München 1981.

Quellennachweis

Erster Tag. Aus: Umberto Eco, Der Name der Rose. Roman. Deutsch von Burkhart Kroeber. Carl Hanser Verlag, München und Wien 1982. Titel der italienischen Originalausgabe: ›Il nome della rosa‹. © 1980 Gruppo Editoriale Fabbri-Bompiani, Sonzogno, Etas S.p.A., Milano

»Die Rose von einst...«. Aus: Umberto Eco, Nachschrift zum ›Namen der Rose‹. Deutsch von Burkhart Kroeber. Carl Hanser Verlag, München und Wien 1984. Titel der italienischen Originalausgabe: ›Postille a ‚Il nome della rosa'‹. © 1983 Umberto Eco, Mailand

Auf dem Wege zu einem Neuen Mittelalter *und*

Laudatio auf Thomas von Aquin. Aus: Umberto Eco, Über Gott und die Welt. Essays und Glossen. Deutsch von Burkhart Kroeber. Carl Hanser Verlag, München und Wien 1985. Titel der italienischen Originalausgabe, in der die hier ausgewählten Texte veröffentlicht wurden: ›Dalla periferia dell'impero‹. © 1977 Gruppo Editoriale Fabbri-Bompiani, Sonzogno, Etas S.p.A., Milano

Die Bibliothek. Aus: Umberto Eco, Die Bibliothek. Deutsch von Burkhart Kroeber. Jahresgabe des Carl Hanser Verlags, München und Wien 1987. Titel des italienischen Originals: ›De Bibliotheca‹. Der Text entstand als Festvortrag zum fünfundzwanzigjährigen Jubiläum der Mailänder Stadtbibliothek im Palazzo Sormani am 10. März 1981 und ist erschienen in dem Essayband ›Sette anni di desiderio‹. © 1983 Gruppo Editoriale Fabbri-Bompiani, Sonzogno, Etas S.p.A., Milano